鬼姫、異世界へ参る！
上
ジュピタースタジオ
ill. あるてら
JN222081

掛けまくも畏き伊邪那岐の大神
筑紫の日向の橘の小門の阿波岐原に
禊ぎ祓へ給ひし時に生りませる
祓戸の大神たち

諸々の禍事、罪、穢、
有らむをば祓え給い
清め給へと白す事を聞こし
食せと恐み恐みも白す
祓串を振り鈴を鳴らし、
祝詞を奉上する、
白い羽織を重ねた
鬼姫の荘厳で美しい姿に
ハンターのいかつい男たちも、
なぜか片膝ついて頭をたれ、
共に祈りをささげていた。

目次

鬼姫、異世界へ参る！

上

ジュピタースタジオ

ill. あるてら

一　鬼姫、蘇る

古都。平安より続くと言われる紅葉(もみじ)神社。その神社の近くの河原に小さな祠(ほこら)があった。

最後の生き残りであった、女の鬼が祀(まつ)られているとされる、どこか女性的なかわいらしさを感じさせる祠である。

様々な伝説に残る、英雄と妖怪たちの戦いの歴史はそのほとんどは実話ではないかもしれない。この祠に祀られた最後の鬼も、伝説に残る物の怪(け)の末裔(まつえい)とも、人間と共存し穏やかにその生涯を終えた鬼とも言われるのは事実かどうかはもうわからない。

そして現代。その小さな祠は、最後の鬼が女だったという伝説のため、昨今のご当地ゆるキャラ、擬人化、二次元美少女ブームに乗っかってキャラ化され、「鬼姫様(おにひめさま)」、「鬼子(おにこ)ちゃん」などと親しまれ、地元の古都市民だけでなく観光客や歴女、オカルトマニアの聖地として参拝客も絶えず愛されていた。年に一度の神社祭には神楽舞も披露され、古都の人気スポットの一つである。

だがその日、発達した超大型の台風は予報を大きく外れ、古都を直撃するコースをたどる。市の中央を流れる川は増水し、濁流となり、どんどん水位を増していた。

「おーい！　このままじゃ鬼姫様が流されるぞ！」

「なんだって！」

「早く！　このままだと鬼子ちゃんが！」

地元の消防団、青年団が慌てて河原にやってくる。暴風雨の中、その祠はもう半分以上濁流に浸かって傾いていた。

「ロープ掛けろ！」

「離すなよ――――！」

「気をつけろ――――！　木が流れてきたぞ！」

「危ない――――――！」

その救助活動を見守っていた多くの市民の悲鳴は暴風雨にかき消される。

流れてきた倒木は濁流に揉まれ暴れながら、腰まで水に浸かって作業をしていた六人の青年団、消防団のメンバーを押し倒し、祠と共に泥水に飲み込まれ、あっという間に流されて急流の中に消えていった……。


すぐに行方不明者の捜索が行われた結果、六人の男たちが下流の川岸に打ち上げられ、気を失って倒れていたのが発見された。

命に別状はなく無事であり、多くの人は「奇跡だ」、「あの濁流の中、よく助かった」とその幸運に胸をなでおろしたが、「鬼姫様が助けてくれはったんや」、「鬼子ちゃんのご加護だ」という古都市民、ネット住民の声も大きく盛り上がったのだ。

地元では人気の観光スポットであったこともあり、すぐに祠の再建が決められたが、「また台風になったらどうする」、「立地を考えろ！」と代替地を求める声と、「あの場所を動かすのは鬼姫様にとっても本意ではない」とか、「紅葉神社に鬼を迎えるのか！」という反対の声も上がり揉めに揉めている。また、濁流に飲まれた祠も結局見つからず、紅葉神社は対応に苦慮しているとのことである。

◆◆◆

「ぶはあっ！」

穏やかな水面から水しぶきを上げて、女が顔を上げた。

泥だらけになった黒髪と顔が、大きく息をする。

「はーはーはー……。まったく、いらん手間かけさせおって……」

そして周りを見回す。

「ん？　野分（のわけ）（台風）はどうなったん？　雨風がやんどる」

不思議そうな女はそのまま川岸に向かって泳ぎ出した。

足が付く深さになり、立ち上がった女は、岸に向かって歩き出す。

「……べべが泥だらけじゃ。まったく」

女はその場で着物を脱ぎ、水に浸して洗濯を始めた。女としては大きな体躯。鍛えられた見事な肢体にくびれた柳腰。そして腰まである長い黒髪。まだ若き美女であった。

そしてその頭には、一寸半（5センチ）の角が左右に生えている……。

「川の水がきれいじゃの。野分が過ぎてもう数日は経っとるのう」

ついでに体も洗った女は服をまとめてねじり、絞って肩に担ぎ、岸に上がった。白い肌が美しい、褌(ふんどし)一丁に胸にさらしの半裸である。その身の丈(たけ)は六尺(175センチ)近い。

「んー人気(ひとけ)がないの。ずいぶん流されたのう。どこじゃのここは？」

見回しても林の中を流れる清流。覚えのある川幅よりも狭く、鳥がさえずり、自然豊かな山林と言えた。

「下流に流されたのならもっと川幅が広いはずじゃ……。あやつらは無事だったかの？」

祠と一緒に流された六人の男たち。面倒でも助けてやらぬわけにはいかなかった。夢中でそこまでしか覚えていない。

「ふふっ。鬼子のうちを祀り、うちを守り、助けようとするか。これだから人っちゅうもんはおもろいのう……。まだまだ情けというもんがあるんじゃのう」

腰ひもを木と木の間に渡し、着物を広げて干す。古(いにしえ)の紅葉神社の巫女装束である。

流木を拾ってきて積み上げた。もうすぐ日が暮れる。

「どこだかわからへんが、是非(ぜひ)もなし。今日はここで野宿じゃの……」

大きく息を吸い込み、口に指先を触れ、吹く。

鬼の大女の口から細く、火炎が噴出して集めた流木に吹きかけられる。

しばらくして、乾燥した流木は燃え上って焚火となった。

火に照らされ、手を前に伸ばし、手のひらを広げたり閉じたりして、自身の腕を見る。

「んー、なんで体があるんかの？　けったいやのう……。うちは普通に死んで葬られたはずじゃ。

なんぼ鬼だからいうて、わけもなく生き返ったりできひんわの……」

　数百年も前のことなので、自分がなんで死んだか、いつ死んだのかも定かでない。

「紅葉神社の居候（いそうろう）で雑用ばかりやらされとって、それでも何代目かの宮司（ぐうじ）はうちが死ぬときは手を握って床に涙を落としたものだったがのう……」

　一番近いはずの記憶が、一番遠い記憶のようでよく思い出せない。祠に祀られていた、という記憶もあるのだ。自分の死後のことのはずなのだが。

　思い出したくても断片的すぎて、だんだんどうでもよくなってきた。

「それにしても腹が減ったの！　なんぞ食えそうなものはないんかのここは！」

　誰かいればいいと思って上げた大声だったが、がさがさと音がして、月明かりの中、対岸より何かが近づいてくる音がした。

「お、晩飯かの！」

　鬼女は立ち上がり、暗闇に目を凝らした。草むらの中から顔を出したその物の怪は、熊だった。

「大きいから妖怪かと思うたら熊かの。この辺にもまた熊が出るようになったのかのう……。こんな都（みやこ）には出んようになってずいぶん経つはずじゃが」

　黒い熊は水しぶきを上げ、川をバシャバシャと対岸より渡ってくる。体躯は六尺以上あり、目方は五十貫（180キロ）を超えそうだ。

「人を恐れんクマじゃの。あんなんではいつ人を襲うかわからへん。気の毒じゃがこれはもう晩飯になってもらうしかないのう」

鬼女は背中に手を回し、「はっ」と声を上げて振り下ろした。

その手にはいったいどこから出したのか、五尺(1・5メートル)の金棒(かなぼう)が握られていた。鬼といえば金棒。その金棒は黒鉄(くろがね)の長い先太に、ごつごつと尖った鋲(びょう)が無数に生えている巨大な得物(えもの)だ。それを両手に握り、振り上げる。

熊は白い半裸の鬼女に向かって、そのまま力ずくで押し倒そうと全力疾走してきた。

熊の最大攻撃は爪でも牙でもなく、その巨体と鹿をも追い襲う脚力を生かした押し倒しである。あの巨体で組み敷いてしまえばどんな獲物も無力にならざるを得ない。後は噛み千切ろうと、爪で引き裂こうとやりたい放題であると熊は知っている。強靭な毛皮、重い体躯、恐ろしい腕力を存分に使った反撃を一切許さぬ一方的な攻撃だ。

だが鬼女は逃げなかった。ドスドスと駆け寄ってくる熊に正対したまま、金棒を身構える。

熊がその巨体を伸ばして牙を剥き、両前足を前に伸ばし飛びかかったその瞬間、金棒は物凄い勢いで振り下ろされた。

熊はその金棒を真正面で受け、頭蓋(ずがい)を砕かれ、頭を河原に突っ込み、前倒れに地に伏せ勢いのまま転がった。それを避(よ)けた鬼女は打ち下ろした金棒を再び振り上げ、もう一度頭に叩き伏せる。頭蓋は既に砕けている。血しぶきが舞った。

月光に血を浴びながら、鬼女は何度も何度も金棒を熊の頭に叩きつけた。

ふと手を止める。

「ん？　もう死によったかの？」

金棒でつんつんととっくに動かなくなっている熊をつつく。

「うーん……。臭いのう。食えるのかのこれ……」

野生動物特有の獣臭が周りを包む。

「うちまで臭うなりそうじゃ……。ま、贅沢は言うてられへんの」

倒れた熊をひっくり返し、またどこから取り出したかわからない短刀で腹を裂く。

せっかく頭だけを潰して仕留めた熊だ。きれいに剥いで一枚物の毛皮にしないと宮司のやつもがっかりするだろうと思う。以前長刀(なががたな)で滅多切りにしたら「毛皮がわやくちゃや！」と怒られた記憶が蘇る。

「晩飯じゃ晩飯じゃ！　まずは腹ごしらえといこうかのう！」

終始笑顔の血まみれ鬼女は、熊の四肢の毛皮を剥ぎ、背肉の一番うまいところを切り取って枝に差し、焚火にかざして火炙りにしてからかぶりついた。

「うーん……。不味い。やっぱり獲ったばかりの肉は臭くてかなん」

鍋にして味噌煮にしないとだめかと思う。

「……？　月の輪ちゃうんかの。こんな熊見たことおへん」

剥いだ毛皮を広げて改めて見る。喉元下に白い毛が無い。

殴られてぐしゃぐしゃの頭だが牙が長い。口から大きく下に伸びてまるで海獣のような牙だ。

鬼女はこんな異様な熊は知らなかった。

「うちはいったいどこに来たんじゃ？」

見上げた月は、餅を突くうさぎとはなんだか模様が違って見えた……。


朝。

獰猛な獣が出るとわかった以上、念のため一睡もせず朝を待った鬼女はあくびをしてから川で身を清め、まだ生乾きの巫女装束に身を包んだ。

「さあて、どこ行ったらええもんやら……」

そして高い木にすいすいと登って周りを見回した。遠くに薄く立ち上る煙が見える。

「うーん、火を使うのだから村でもあるかの。ちと行てみるかの」

そして木から飛び降り、熊の生毛皮にぶつ切りにして骨を外した肉を載せて包む。切り倒した若木の皮を剥いて棒を作り、熊皮を縛り付けて肩にかついだ。毛皮は川で洗ったがまだ獣の臭いが凄いので、直接かつぐ気にはなれないというもの。村は川の下流にあるらしく、川沿いをてくてくと歩いてゆく。村に近い山林は未整備で雑木林ばかりだった。

「川があるのだから上流から丸太流しして材木を商売にでけるだろうに、商売っ気のない村じゃの」と余計なことを考える。

木や草も花も、鬼女の知る物とは全く違う。いくら歩いてもその強烈な違和感はぬぐえない。

「うちはいったいどこの国を歩いておるんじゃ？」

自分は神隠しに遭ってこんな異国に飛ばされたのではないか？　そこまで考えた。

幼いころから野山をかけて育った鬼女は自然の気から異質な感覚を肌身で感じていたのだ。なにかこう、空気そのものが違うような……。

そして、違和感だらけの村にたどり着いた。

書かれている文字が違う。まるで南蛮の字のような、漢字もかなも使わないアルファベットが並んだ立札が見える。村は柵で覆われ、村人は金毛、赤毛、栗毛の異人だらけ。

「ここ、日の本ではないんかの！」

柵で取り囲まれた村、木造りの家は少なく石造り、煉瓦造り、漆喰の家が立ち並ぶ。まさに異国のそれであった。

熊皮を棒に背負った、泥を洗ったように薄汚れた巫女装束の大女が街道を歩いてこっちに来たのだから、門番らしい男たちが目を剥いてこちらを見る。

南蛮甲冑を着て槍を持ち剣を下げた兵士の一団である。

「こんな村になんでこんな陣立てをしておるんじゃ？」

これではまるで戦の準備である。兵団は二十人以上いた。

男たちは驚き、大声を上げ、声をかけ合い、まるで村を守るがごとく鬼女に向かって並び立つ。

それぞれに何か叫んでいるが、残念ながら言葉が全くわからない。

「異国語かの。村が異国の襲撃でも受けておるんかのう？」

いすぱにあだの、ぽるとがるだの、古き日本も異国との貿易をしていたが、こんな西洋と戦争にはなっていなかったはずである。攻め入ってくることなどちょっと考えにくかった。村人も見知った日本の人ではなかったし。

男どもの言っていることはわからないが、「オーガ！」、「オーガ××××××」と口々に叫んでいる。まあこういう反応に鬼女は心当たりがないわけではない。

昔は人に見られると、「鬼だ！」、「鬼女だ！」と言われ田舎者の旅人に恐れおののかれた経験はいくらでもある。それと同じなのだろうというのは表情からわかるというもの。だったらやることはまあ大して変わりない。

「まあまあ、慌てんで。うちは鬼子じゃが敵ではないの。もめごとはかんにんや」

にっこり笑って手を振る。

「わあああああ――――！」

一人の兵が恐怖に耐えられなくなったのか諸刃の剣で斬りかかってきた！

「なんじゃ無礼な」

そうは言ってもここで叩き伏せたり殺したりすれば余計話がややこしくなる。

とりあえず鬼女は振り下ろされた剣を見切り、体をずらして男の手を取って諸刃剣をもぎ取って、体を押し出し後ろに下がってもらった。尻もちをつかせるほどの押しではない。

剣を振り上げて地面に向かって突き立てる。

驚くことに剣は地面に柄だけを残して深く突き刺さった！

もう抜くことさえままならないであろう。一振りの兵士の剣が無効化された。

「××××××！」

兜のてっぺんに羽根の生えた兵長らしき男が叫ぶと全員が一斉に抜刀して斬りかかってくる。

「是非もないのう……」

鬼女は担いだ熊皮から棒を引き抜いて、剣を振るう集団の一人一人を舞うように避けながら剣を叩き落としていく。

地面に突き刺さった剣は踏みつけ、また柄だけを残して深く突き刺す。

槍が来た。これも手でつかんではひねってもぎ取り、遠くの木の手の届かない高さに投げつけ、突き刺しておく。

しばらく暴れると、もう武器を持っている兵士はいなかった。倒れたり怪我をしている兵士もいない。鬼女の周りには二十本を超える剣の柄だけが地面から飛び出している。兵士たちは茫然と鬼女を囲むだけである。鬼女は武器にしていた棒を放り投げた。

「敵意はないちゅうとる。ほれ、手土産じゃ。皆で召し上がってもらえんかの」

もう一度にっこり笑うと、地面に落ちていた熊の毛皮を広げ、肉を見せて頭に鳥の羽根が生えた兵長らしき男に差し出した。

そのとき、すっと全身に鳥肌が立つような寒気がした。

なんだか全身を触られたかのような異様な感覚だった。それが何なのかは鬼女には全く分からない。瞬間、ぞっとした。

「ちょっと待ってください」

見ると、兵士たちの後ろから南蛮の宣教師のような黒服の若い男が声をかけてきた。

「……おぬし、うちの言葉がわかるんかの？」

「まあちょっとした魔法です。不思議だ。どこの国の言葉とも違いましたね。えーと、あなた、オーガではないのですね？」

「オーガってなんなん？」

「魔物です」

「魔物ってなんじゃ？　物の怪のたぐいかの？」

「えーと、その、人を襲って食らう化け物のことで」

「そんなん食わんわ。これでも神社では人とうまくやっておったしの」

鬼の最後の生き残り。それが鬼女である。

鬼が滅んだ理由は定かでないが、限界数を下回って自然に絶滅したということになるだろうか。幼少の頃から紅葉神社に預けられ、宮司と共に育った鬼女にはかつての昔話の鬼のように人と戦ったことはないのである。神社や都を襲う野盗山賊、落ち武者の軍団、妖怪や物の怪のたぐいを除いて、だが。

最後の鬼は、自分を育て、養ってくれた神社や古都の人々に感謝もしていたし、好さだったのだ。人を殺すのはやってはいけない。そんなことは物心ついたころからわかっていた。

「みなさん、剣をお納めください。この方は魔物ではありません」

「だがこいつにはツノがある。これはオーガで間違いないだろう！」

兵長らしき男が宣教師に食ってかかる。不思議なことに鬼女にも他の男たちの話す言葉が分かるようになった。

「オーガだったらオスしかいないはずです。この人、どう見ても女性でしょう?」

「いや、それはそうだが……。いや、今まで隠されていただけでオーガにもメスはいるのかもしれないだろ!」

「でもこの方に敵意はないでしょう。もしあればあなたたち全員殺されているはずです」

「なんだと!」

怒りに目を剥いた兵長だが、実際、手も足も出なかったのは事実である。周りを見回しても、部下たちはみんな既に戦意を失っているのは明らかだ。

「剣を納めたくても、剣がなければしゃあないのう。ほれ、受け取っておくのじゃ」

鬼女はやや強引に兵長に毛皮に包まれた熊肉を渡すと、手近の剣をまず一振り引き抜いた。

「これは誰の剣じゃ?」

「あ……。私です」

「かんにんしてや、ちと汚れたの」

「あ、いえいえ……」

もう一本引き抜く。

「これは誰のかの?」

「すみません、たぶん俺です」

「ほい」

そうして鬼女は、兵士全員に剣を返してやった。兵たちの顔からは、もう完全に戦意がなくなっている。鬼姫は、これで信用してもらえたかとのんきに考えていた。

「この方は私がしばらく預かりまして話を聞きます。よろしいですね？」

「いや、このまま詰め所の牢屋に」

「取り押さえられますかね、あなたたちで」

「いや……」

「だったらお任せください」

宣教師が兵長から離れて鬼女に挨拶する。

「教会神父をしておりますストラスと申します。よろしく」

名乗られた。鬼女はどう答えるか迷ったが、とりあえず本名を名乗るのはやめにした。宮司につけてもらった名前はあるが、今は言いたくない。なので祠が祀られていたときのお気に入りの呼び名を答えることにした。

「うちは鬼姫と」

「オニヒメ、さんですね」

「よろしゅうの」

「では村の教会までお越しください」

神父は振り返ってニッと笑った。

歩きながらついていく鬼姫はストラスと名乗った神父に問いかけた。

「そもそもおぬしなんでうちの言葉がわかるんじゃ？」

古都の紅葉神社にも南蛮の宣教師が来たことがある。鬼姫が神父を見て「宣教師だ」と思ったのは、その佇まい、雰囲気がよく似ていたからである。

異なる神の使いであるが、八百万の神がいる日本の宮司はそんなこと気にもしない。宮司は快く迎え入れ、日本の信仰事情を聞かれるままに答えていた。そのときの宣教師もやまと言葉を巧みに操っていて驚いたものであるが。

「ああ、これは魔法です。私は元は宣教師ですので、外国で布教を行うこともありまして、どの国の言葉でも話ができるように先ほどオニヒメさんに魔法をかけさせていただきました。言語翻訳魔法ですねえ。この村は国境に近いので他国の言語を使うことも多いので」

しれっと答える神父。

「ただ、あなたの言葉は今までどの国でも聞いたことがない言語でしたが……。どこか遠くの国の方だとお見受けいたしますが」

「魔法とはなんじゃ？」

「うーん、説明が難しいのです。外国の方にはわかりにくいかもしれませんが、魔力を使ってできる特別な能力と言いますか」

「神通力かの？　あるいは霊力か、妖術のたぐいとか」

さっき、ぞわっと背筋が凍ったのはその感覚だったかと思う。

「うちに勝手に術をかけるなど、やめてもらいたいの」

「普通は私自身にかける魔法なのですが、あの場はちょっと兵隊さんともめごとになっていましたので……。申し訳ありません。でも便利な魔法でしょう？」

「しかし、いい気がするもんちゃう。うちにしてみれば呪いをかけられたようなもんじゃ。次やるときは許しをもろてからにしてほしいのう」

「わかりました。お約束します」

「おぬしが約束を守るとどうしてわかるかの」

「神に誓って」

ふーん。鬼姫はちょっと感心した。紅葉神社で巫女の真似事をしていた鬼姫には神に誓うという言葉の重さは十分承知していた。それは異国で、他の宗教であっても変わらぬはずである。ならば信頼してもよいのではないかと思う。

そうして歩きながら、村の小さな教会に着き、奥の神父の書斎に通された。鬼姫には何もかもが珍しく、ここが日本ではないと思わせるものばかりだった。

「便利な術じゃ。そのようなもの、他にもいろいろあるんかの？」

「魔物と戦うための攻撃魔法、身を癒すための回復魔法、防御するための防御魔法、その他いろんな魔法がこの世界にはたくさんあります」

「ほう、そら凄いのう！」

「でも、何種類も魔法を使える人はそういません。同じような系統の魔法を使えるだけでね」

それでも鬼姫の知る祈祷や陰陽（おんみょう）などにはそんな便利なものはなかったので驚きだ。

「おぬしは何が使えるんじゃ？」

これ以上何か勝手に使われてはたまらない。神父が正直に言うかどうかは知らないが聞いておきたいものである。

「私は人文に関するものだけですねえ。言語翻訳とか。だから宣教師になっていたわけですし、あなたとも話せるわけですが」

「なるほどのう……。この術、いつか解けるのかの？」

「私の魔力ですとまあ一年ぐらいは」

「そらお得じゃのう！」

この国、この世界で暮らすには言葉が話せなければ不自由極まりない。今こうして誰とでも話ができるのはありがたい。一年も使っていれば、魔法が解けた後も日常会話ぐらいは不自由しなくなるだろうし。

「礼を申すのじゃ。おおきにありがとう」

「ははは、まあ硬くならずに。あなたは異国から参られたのですか？」

それは間違いないが、正直に言わなければ神父だって答えに困るに決まっていた。だいたい鬼姫は嘘が苦手である。うまい言い訳など思いつくわけもなく観念して真実を話す。

「正直申して、うちは今自分がどこにいるかもわからへんのじゃ。気が付いたらこの村のはずれの森の中じゃ。いったいなにがどうなっとるんかさっぱりじゃ」

「ふーむ……。いわゆる『神隠し』ってやつでしょうか。元いたお国の名前は？」

「日本（にっぽん）……。東洋では倭国（わこく）、西洋ではじゃぽんと呼ばれておったと思うの」

「どういう意味です？」

「日の本、一番東にあって、この世で一番最初にお日いさんが昇る国」

　神父は分厚い本をめくって難しい顔をする。

「……極東だと思われますが、そのような国、辞書にもありません。これでも私もほうぼうの国に参りましたが、聞いたこともありませんし」

「うちは魔法など知らんかったし、おぬしらのこともこの国もなんもわからへんわ」

「この国はルントと言います。パールバルト大陸のヨルフ西になりますか」

「ダメじゃ、いっこもわからんの……」

　鬼姫は頭を抱えた。

「……王都に行けば、何かわかるかもしれませんね」

「王都？　帝がいはるのかの？」

「王様です。わが国ルントの首都です。大きな都市で歴史もありますから、情報が多いですし、参考になる文献も詳しい学者もいるかもしれません。まだ発見もされていないだけで、もしかしたらそのニッポン国というのもこの世界のどこかに実在するのかもしれませんし、調べてみるのもいいかもしれませんね」

　鬼姫の目が見開かれた。

「わかった。行てみるのじゃ」

　ストラス神父は微笑んだ。

「何か目標ができるのはいいことだと思います。でもその前に、まずはこの村にご滞在して、旅の準備でもしてくださいい。ご協力できることはいたします」

「そないなこと、いつまでもタダで世話になったら申し訳ないの」

「いいんですよ。神隠しであったならそれは神の思し召しでしょうし、だったら保護をするのも教会の役目です。あなたも教会が救うべき民の一人です」

「おおきにありがとうのう……」

急に涙が出そうになるのを必死に耐える。鬼の子の自分を受け入れ、育ててくれた紅葉神社の老宮司を思い出してしまった。

今日からお前はここの子だ。そう言ってまだ幼かった自分の手を握ってくれた老宮司。

右も左もわからないこんな世界で、最初に自分を受け入れてくれた神父に、いまさらのように感謝の念が湧いてきた。本当は何もかも見知らぬ世界で、ずっと心細かったのだ。

なぜ自分は生き返ったのか、なぜ自分はここにいるのか、わからないことはたくさんある。これから一生かけて、鬼姫はその謎を解くために、この世界を歩き回ることになるのかもしれない。

そんなことを考えた。

「おぬしは、いえ、神父殿は、うちが信用でけるのかの……」

「あなたはお強い。でも、兵士の誰も傷つけなかった。だからです」

違う。自分はただ、厄介事を避けたかっただけのことで……。

しかしこの世界でも、やっぱり、頼れるのは人間だけだろう。それは間違いなかった。

「とりあえず、うちにお役に立てることがあればお手伝いしたいの。なんでもよろし。なんぞないかの？」

　ストラス神父の顔が難しくなる。

「あるにはあるのですが、頼んでよいものかどうか」

「なんでも」

「村に兵士が大勢いたでしょう」

「おったのう」

「実は村に大変な危機が迫っていまして」

「聞かせてくれぬかのう」

「この世界には、あなたのように頭に角がある魔物がいるのです」

「ツノ？　これかの？」

　鬼姫は両手の指で自分の頭の左右の角を指さした。

　猫の耳のような場所に、一寸半の角がある。

「オーガと言います。体長は2ナートル以上……あなたより頭一つ以上大きい、赤膚で人間の兵士から奪った防具、武器で武装し、村を襲って女をさらいます」

　ここまで聞いて、ようやく鬼姫はなぜいきなり斬りかかられたかが理解できた。いくらなんでも女一人に兵士たちが一斉に斬りかかってきたというのが、おかしいと思っていたのだ。

「赤鬼じゃの。でもなんで人のおなごをさらうんじゃ？」

食うためだったら女でなくてもいいはずだった。

「オーガはオスしかいないのです。オーガだけでは繁殖できない。だから発情期になると他の種族のメスを襲って種付けします」

「なんじゃそれ……。おなごの敵じゃの」

「まさにその通り。メスは何でも良いのです。どんな種族であろうと確実に孕（はら）ませ、そして腹を食い破ってオスのオーガが生まれます。妊娠期間中はオーガはその女たちを監禁します」

「……蜂（はち）のようじゃの。おーがというのは生き物なんかの？」

「は？　生き物に決まってますが、なんで蜂？　蜂って、蜂蜜を集めるあの蜂？」

「いや、他の虫の幼虫に卵を産み付け、孵（かえ）った卵が幼虫の体を食い荒らし成虫になるという蜂もいる。寄生蜂じゃの」

「そんな恐ろしい蜂があなたの世界にいたのですか」

「うちのおった日本じゃそんな妖怪はなんぼなんでもおらんかったのう。妖怪が子を産み育てるなんて雪女ぐらいしか聞いたことがあらへんわ」

日本で妖怪と言えば、人、獣といった生き物、あるいは神が化けたものである。鬼姫も本来はそのたぐい。神社に預けられる前の記憶は無いが。

「やはり、あなたはオーガじゃないんですね」

納得したように神父がうなずく。

「あなたがメスのオーガでしたら、人間の女をさらいに来るわけがありません」

「そらそうじゃ」

　苦笑いするしかない。

「村民が数日前に……、たぶん偵察だったのでしょう。オーガを見かけたのです。オーガの繁殖期でもありますし、この村を襲いに来ます。だから、近くにいた国境警備隊を呼んで警備をしてもらうことになりました。国軍にも連絡をしたのですが間に合うかどうかわかりません」

「そんな鬼畜な連中、一匹残らず退治したいところじゃの」

「やはりそう思いますか」

　鬼姫の目が据わってきた。

「国境警備隊といえどもあの通り。オーガに勝てるかどうかわかりません。あなたの腕を見込んで、ぜひお力をお借りしたいのですが」

「承知」

　鬼姫はとんと胸を叩いた。

「だがまず、飯を恵んでくれぬかの……。あと、寝てないんじゃ。床(とこ)を借りたいの」

　神父は大笑いして、腰を折って頭を下げた。


　夜。かがり火が焚かれ、村の柵の周りに兵が配置され見張りを行う。オーガが襲ってくるのは決まって夜だという。厄介な話だ。

　柵の門のところでは、大鍋が煮込まれていて、兵士が交代で夕食を食べていた。

「あ、こんばんわっす。ごちそうになってます！」

なぜか兵士たちが鬼姫に対して腰が低い。

「熊の鍋かの？」

「はい、いただいてます！」

少々臭うが栄養満点な鍋が石を組んだ即席の囲炉裏の炭火で煮えている。

「うちにも一杯くれるかの」

「はい、どうぞ！」

器を受け取って食べてみる。

「うん、辛くて面白い味じゃが、食べられんことはない。まあまあじゃの」

「この村の特産物の香辛料を使ってますから」

本当は味噌や醤油のほうが鬼姫の好みではあるが、ここは西洋。郷に入っては郷に従えである。それにしても箸ではなく匙を使うというのもまた日本とは違う文化だ。こういった文化の違いにも慣れていかなければいけないのかと、鬼姫は内心少々うんざりする。

まあ、不味くはない。これから長いことこの国に滞在することになるのだから、慣れなければならないことの一つである。

「この熊、どうしたんですか？」

「うちが獲った」

「獲った……。獲ったって、クロクマを？」

兵士一同が青くなる。

「そうじゃが……、ここでは熊は食わんのかの？」

「食いますが……、食いますが、食う以前にまずどうやって獲るかでして。罠でもかければ別ですが」

それは仕方ないかもしれない。鬼姫は自分はともかく人に熊を狩るのは難しいのは知っている。この熊も自分が知っている月の輪熊より大きかった。

「おい、メスオーガ！」

国境警備隊の隊長が声をかけてきた。村に最初に来たときに突っかかってきた兵長である。

「うちはオーガちゃうと言うておろう」

「そうですよ隊長。オーガにメスがいたら村に女をさらいに来るわけがないじゃないですか……。神父さんだってそう言ってましたよ」

「だったらその頭の角はなんなんだ」

熊肉をご馳走になっている兵士がかばってくれる。

「生まれつきじゃ」

「だったらオーガだろ」

「うちはオーガとちゃうわ。鬼子じゃ」

「なんだか知らんが違いなんかあるもんか。オーガじゃないんだったらこれからやってくるやつらを全部片っ端から討伐してみせろ！」

「もちろんそのつもりじゃ」

鬼姫は背中に手を回すと、ピュッと剣を振り下ろした。異常に鋭い剣の刃音に、完全に無防備だった隊長が硬直する。

「……い、今、その剣どっから抜いた！」

「どうでもええわ。うちの刀じゃ」

「カタナ？」

「鬼切丸（おにきりまる）。うちの愛刀じゃ」

三尺二寸五分。刃渡りだけで1メートル近い太刀（たち）である。おそらくもっと長かった大太刀を磨（す）り上げたもので無銘ではあるが、その長さ大きさ厚さから南北朝時代の古刀で、定寸（じょうすん）の日本刀が二尺三寸（70センチ）であることを考えれば常人に振れる刀ではないことがわかると思う。

伝、「鬼切丸」と名付けられた太刀は複数ある。古くは源頼光（みなもとのよりみつ）が酒呑童子（しゅてんどうじ）を斬った安綱（やすつな）も現存するが、これは何をどう勘違いしたのか「紅葉神社に巣くう鬼」退治に来たどっかの武家のボンボンが勝手に「鬼切丸」と呼んでいたものを鬼姫がぶんどったものである。

もちろんコテンパンに返り討ちにして帰ってもらった。鬼を斬りに来たんだから鬼切丸で別に構わないし、鬼姫が使ってやれば文字通り鬼が斬る刀であろう。鬼姫が何を斬っても、折れず曲がらず今日まで持ちこたえている信頼して間違いない愛刀だ。

「そ、そんな細い剣でオーガが斬れるもんか！」

西洋の両手剣は幅広で諸刃だ。精緻を極めた日本刀に比べれば大きく重い。斬るというよりは、パワーで叩きつける剣である。兵士が盾と板金甲冑(ばんきんかっちゅう)を身に着けるようになってそうなった。この世界戦争はなくても魔物が出る。強度のある剣が重用されるのは無理もなかった。

「やってみればわかるわ。ほれ来よったの」

暗闇に、赤い光がぽつぽつと湧く。闇に光る眼だ。

ずしり、重い足音と共に巨体の赤鬼がかがり火に照らされてその醜悪な姿を現した。その数、十匹。

「おー、待ち伏せ」

不気味な低い声であざ笑う。2メートルを軽く超える大鬼。毛のない赤膚に、毛皮の腰巻、額から生えた太く大きな一本の角。まさに西洋の鬼であった。

「待ち伏せやったら隠れとるわお間抜け。これは討伐じゃ」

無造作に鬼切丸を右手にだらりと下げて、鬼姫がかがり火に照らされて兵たちの前に立った。

「討伐？　俺たち、討伐？　お前が？」

ひゃはははははとオーガたちの一団がゲラゲラと下品に笑い出す。

その中から一番大きなオーガが前に出る。

「女、威勢いい。まずお前孕ます」

「御免じゃの」

「お前強い子産む。俺の跡継ぎ」

錆が浮いたどこから略奪してきたかもわからない大きな諸刃の剣を、殺さず峰打ちにするつもりか、刃を横にして振り上げたとき、既に鬼姫は首領と思われるそのオーガの間合いに入り、横一文字に刀を振り抜いていた。

ぴゅるるるると血が飛び、ビンビンに鎌首を上げた一物が毛皮の腰巻を切り裂かれて宙に舞う。

「うぎゃぁああああ！」

絶叫と共にオーガが股間を押さえて崩れ落ちる。

毛皮の腰巻は案外刃に強い。毛が邪魔をするので叩き切る動作では斬れない。それを斬った鬼姫の剣は、この世界の剣術とは全く違う。

「そんなもんをおっ勃てるには、まだ気が早いわ」

「こ、このメス餓鬼があああ！」

周りのオーガたちが一斉に剣を抜いて斬りかかるが、鬼姫はことごとくそれをかわして確実に刃を振り抜いていった。

オーガたちは袈裟に手首を斬られ、わき腹を払われ、喉をぱっくりと斬り裂かれ、内股を斬られ、横一文字に腹を裂かれ、骨のない急所、筋に腱に大動脈ばかりを切り刻まれた。いずれも動けなくなり、血が止まらない急所であった。血しぶきの中をまるでオーガたちの間を舞うように剣を振るう鬼姫にオーガ自慢の得物が当たらず翻弄され続ける。

血宴の舞が終わり、倒れ、もがくオーガの心の臓に、一体一体、ご丁寧に刀を突き刺して止めを刺した。まだ動いている胸から血が湧き水のようにどろり、どろりと鼓動と共にあふれ出す。

最後の一匹。一物と左足、右手をざっくり斬られて血が止まらずうずくまる首領のオーガに鬼姫が太刀を突き付ける。

「斬れるということは、やはり生き物なのだのう。おぬしが頭(かしら)だの？」

「お、おまえ……。ツノ、メスのオーガ？」

「うちは鬼子じゃ。オーガとちゃうわ。一緒にせんでほしいわの。おぬし巣があるじゃろ。女を囲う巣が」

その問いにオーガが瞬間、躊躇(ちゅうちょ)する。

「なんだ」

「案内してもらおうかの」

「俺、帰らない、親父、復讐に来る。楽しみ」

オーガは薄汚く笑った。

「巣に帰りたいであろう？」

オーガ、無言。だがその目に一瞬、希望の光がともった。まさかこの状況で、逃げられるかもしれないという希望が。

そして鬼姫はためらいなく片手で横薙ぎに刀を振り、オーガの首をすぱんと刎(は)ねた。

オーガたちを倒す鬼姫を見ていた兵士たちは声もなかった。こんなにもあっけなくあの残虐で屈強なオーガたちが、次々に致命傷を与えられる光景を信じられないものを見る目で一歩も動けなかった。

鬼姫は懐から手ぬぐいを取り出し、入念に鬼切丸を拭き上げて、それを背に回した。不思議なことに、その刀は、一体どこに仕舞われたのか、姿を消した。

「お、オーガが……また、襲ってくる」

兵の隊長が震える声で確信し、つぶやく。

「どうするんだ。今度はもっと数を増やして、確実に全滅を狙って村を襲ってくるぞ！」

オーガを討伐した嬉しさよりも、敵を激怒させた恐怖のほうが先に来る。

「それなのに、オーガの巣の場所もわからない。守れない。やつらは俺たちの隙を突いて総攻撃してくるに決まってる。国軍が来てくれたって勝てるかどうかもわからん。どうしたらいいんだ」

「まるで倒して悪かったような物言いじゃの」

血まみれの鬼姫はちょっとうんざり顔で、振り向いた。片手を振って、短刀を出す。

そして、今切り落としたオーガの首を転がして上に向け、ざくざくと顔に刃を突き立てた。

指を突っ込んで眼球を引っ張り出し、刃を筋に当て、ぶつりと切断する。

「隊長、提灯（ちょうちん）はあるかの？」

「チョウチンってなんだ？」

「何でもよろし。夜道を照らせるもんなら」

部下の兵士が一人、オイルランタンを持ってきた。既に火がついている。

「紐はあるかの？」

これも兵士の一人が手渡してくれる。鬼姫は今切り取ったオーガの眼球を、紐でぐるぐる巻きに縛って、ランタンの持ち手に吊るした。

「吐普加美依身多女……」

何か術をかける。

「な……。どうするんだ?」

「こいつに巣まで案内してもらうんじゃ」

巣に帰りたいであろう?

そう問いかけたことで一瞬、オーガは逃走して、巣に帰れるかもしれないという希望がその日に宿った。その希望はどうしたって、巣に向かって帰る道を見てしまう。

鬼姫が唱えた「吐普加美依身多女」は本来八方位の意味がある。まるで方位磁石のように紐に吊るした眼球が向く方向が、巣がある道程である。

「しばらく留守にすると、ストラス神父に伝えてくれぬかの」

「わかりました」

ふと見ると、表情をなくした神父のストラスが兵の後ろに立っていた。最初から見ていたのだろう。鬼姫はうなずいて、ランタンをぶら下げて夜道を歩いて行った。恐怖にかられて、ついていこうとする兵士は一人もいなかった。

ぎゃあおおおおお――――んんん……。
夜明け前、まだ暗い森の中に絶叫が響く。オーガの巣である洞窟の外は騒がしくなっていた。

次々に悲鳴が聞こえる。その数はどんどん増える。洞窟にいたオーガの長は何事かと、火を起こした石組みのかまどに積んだ枝を放り込む。洞窟の中が少し明るくなる。

息子たちが人の村の女をさらって連れ帰るはずである。それを待っていた。

見張りたちの迎えの声ならわかる。女たちをさらって種付けできる歓喜の声をずっと期待していたのに、これは違う。まるで断末魔のような悲痛な声。屈強な戦士たちであるオーガの種族が上げていい声ではない。しかもその声はだんだん近づいてくるのである。

こんなことがあっていいわけがなかった。巣が襲撃されているとしか考えられなかった。ありえないが！

「お前たち、見にいけ」

洞窟にいた三匹のオーガに声をかける。オーガたちは無言でうなずき、それぞれ武器を手にして洞窟を出て行った。そうしている間も悲鳴、絶叫、断末魔の声は止むことが無い。

オーガの老長は横に置かれたメイスを握る。メイスは長柄の先にヘッドがある殴打用の武器である。太い樫の木に人間から奪った剣の剣先を突き刺してトゲ代わりにしてモーニングスターとも言う形になっていた。巨大な体躯を誇る自分には人間から奪った武器は小さかった。どうしても殴打武器になってしまうが、それで十分だった。殴ることも突き刺すこともできる。もちろん振り回しただけでも相手を即死させることなど容易だった。

また絶叫が上がる。それも三匹同時に、である。何かが襲ってきていることはもう間違いなかった。洞窟の外に向かって歩き出した。メイスを握った手に汗がじっとり濡れる。

「魔法使い？」

オーガは魔法には弱かった。人間相手でも魔法使いは苦手としていたのだが、その魔力を全く感じない。これだけ多くのオーガを倒せるなら莫大な魔力が放出されているはずであり、自分にも気配がわかるはずなのだ。

人間たちの兵が全軍を上げて討伐に来たというならわかる。だったら、もう少し人間の悲鳴も聞こえたっていいはずだ。脆弱な人間の兵士相手に、こんなに一方的にやられるはずはない。

洞窟を出た。女がいた。体に布を巻いたような、妙ちくりんな見たこともない衣をまとった大柄の女が、手にランタンをぶら下げて月明かりの中に立っていた。血まみれで。

周りはおびただしい数のオーガたちが倒れている。手足を折られ、頭を砕かれて止めを刺されて生臭い血臭が凄まじい。

「おぬしが村を襲った若造の親父かの？」

女は無表情にオーガの長に問いかけた。ランタンに下げた目玉が親父を見ていた。

「息子、どうした？」

思わず答えてしまった。

「ここまでの案内を頼んだ。よい孝行息子じゃのう」

「ない！」

良くできた息子だった。残忍で、悪逆で、人間をいたぶることを何よりも楽しみにしていたオーガの一族の、戦士の長にふさわしい跡継ぎ息子が、仲間を売るようなことをするわけがない！

女はランタンから何かを引きちぎり、放ってよこしたので反射的に受け取ってしまった。

目玉だった。

「案内はばかりさんじゃ」

その目玉が何を意味するか、とっさに考えてもわけがわからなかったが、この女がオーガたちを皆殺しにしたことだけはわかった。

「おのれえええ！」

メイスを女に向かって振り下ろしたら、下から五尺の金棒が無造作に片手で振り上げられ、打ち合わされた樫の柄が折れ飛んだ。とんでもなく重い金棒だった。女はランタンを投げ上げ、両手で金棒を握る。

間髪入れず金棒で腹を殴られる。金棒の鋲が腹の皮を破り、腸が引きちぎれた。

それでも女につかみかかろうとしたオーガの両腕は薙ぎ払われて折れ、あらぬ方向を向く。足も砕かれついに膝をついた長の頭に打ち下ろされた金棒は、その頭蓋を粉砕して飛び散らせた。

戦国で実際に使われた金棒は、「金砕棒（かなさいぼう）」と呼ぶ。刀槍を弾き、鎧兜関係なくまさに全てを砕く、使い手は限られたが実戦で最強だった例もあったのだ。

鬼姫も剣は使いたくないときはある。特に相手が殴打武器を使うとわかった場合は。そんなとき鬼姫はこれを使う。あまり人に見られたくないのだが。

ひゅるるるると上に投げ上げたランタンが落ちてくる。それを鬼姫はぱしっと受け取った。さすがに火が消えてしまっている。

死体となったオーガの巨体は、ゆっくりと前に倒れる。

「……おぬしらのような悪鬼、滅べばええんじゃ」

鬼姫はランタンのガラスを開いてぷっと火を吐いて点火してから、掲げて洞窟の中に入る。他にさらわれた村娘が既に囲われているかもしれないと思って一応確認する必要があったのだ。

鬼姫は夜目が利く。ランタンはなくても良いのだが、敵をおびき寄せるよい目当てとなるので使っていた。

洞窟の中は猛烈に臭い。だが、さらわれた女はまだいなかった。

「ふう……。犠牲が出る前でよかったのう」

懐から解精邪厄の霊符を取り出し、洞窟の岩門に貼った。

次に祓串と鈴を持ち、一礼、二礼し祝詞を奉上する。

掛けまくも畏き

伊邪那岐の大神

リーン。祓串が振られ、鈴が鳴る。

筑紫の日向の橘の

小門の阿波岐原に

禊ぎ祓へ給ひし時に

生りませる祓戸の大神たち

リーン。
諸々の禍事、罪、穢、有らむをば
祓え給い
清め給へと白す事を
リーン。
聞こし食せと
恐み恐みも白す
リーン、リーン、リーン。
深々と一礼した鬼姫は、夜明け前の白んだ空の下、血だまりのオーガの巣を立ち去った。

日が昇って明るくなってくると、鬼姫は全身血まみれなことに気が付いた。

「こんなんどっちが穢れておるかわからへんのう……」

仕方ないのでまた小川を見つけて体と衣を洗い、禊を済ませて火を焚き、衣を干す。

「なんぼなんでもこれはもう駄目じゃ。まるで物乞いじゃ」

泥に汚れ、血にまみれた巫女装束は、洗ってももう見るからに汚くぼろぼろになっていた。

このまま旅立つことも考えたが、やはり一度村に戻って反物をもらい、白衣と袴を縫いたいと思う。白い生地と赤い生地があればよいが。

そうして村に着いたときはもう昼下がりになっていた。

「帰ったぞ」

柵の門に行くと、まだ兵士たちが陣立てして警備を固めていた。

「お、お、お、女オーガさん！」

「オーガはやめい！　うちは鬼子じゃ言うとろうが！　次言ったらしばくでの！」

その一喝に兵たちが震え上がる。

「オーガの巣は亡ぼしてきた。お清めもしてきたし、もう安心じゃ」

「ほっ本当ですかっ！」

兵たちの顔が輝く。

隊長が出てきた。こちらは兵と違って、厳しく鬼姫をにらむ。

「討伐証明は？」

「とうばつしょうめい？」

「オーガを倒したという証明が必要だろうが！　お前そんなことも知らないのか！」

「そんなん知らんて」

そんなことを言われても知らなかったものは仕方がない。

「お前ハンターじゃないのか？」

「はんたーってなんじゃ」

「なんでそんなに何にも知らないんだよ……」

世界が違うのだから知らないことだらけで当たり前である。

「あのなあ、魔物、魔族を倒したら、倒したって証拠に耳とか尻尾とか、体の一部を持って帰るってことになってんだよ。そうでないと報酬を出すわけにはいかないな！」

隊長がふんぞり返って怒鳴りつける。やっと自分が勝てる要素を見つけたように得意げだ。

「……最初から金子(きんす)が目当てではやってはおらん。どうでもよろし」

「ど、どうでもいい？」

「面倒じゃ。おぬしらの手柄にしておけ」

鬼姫はひらひらと手を振るのだが、隊長がにんまりする。

「よーし、受けよう！　他言無用だぞ！」

それを聞いて兵士たちが慌て出す。

「た、隊長。俺たちがオーガを倒したことにすると、俺たちオーガを倒せるってことになって、また出たら相手させられるんっすよ！」

「国軍だってもう派遣してもらえなくなりますよ！」

「ちゃんとこの……、おに……、お姉さんに倒してもらったってことにしないと俺たち全員死にますよ！」

「俺たちが討伐したってことにしても、またオーガが出たら、俺たちの責任問題になるんすよ⁉　わかってんすか！」

それを聞いて隊長がゲッとなる。

「どのみち討伐されたかどうかは確認しに行かなきゃならんでしょうなあ」

後ろからストラス神父が声をかけてくる。

「そ、そうだ。まずはそこからだ！　女、オーガの巣まで案内せよ！」

「嫌じゃ。面倒な……。うちは寝ておらんし食ってない。休ませてもらいたいの」

なにしろ飲まず食わずで徹夜である。さすがに少し気が立ってきている。

「しかし、案内なしでオーガの巣がわかるわけないし」

「仕方ないのう、式神（しきがみ）を飛ばしたるわ。神父殿、また紙と筆を借りられぬか？」

「いいですよ。来てください」

教会の神父の書斎で、札を作った。オーガの洞窟に貼った霊符もこうして作ったものだった。

それを人型に折り紙する。

それを興味深く神父が見守った。

「おぬしら、準備はできたか!?」

村の入口で陣立てしている兵士たちに声をかける。

「準備って、なんの準備だ？」

「オーガの巣に討伐証明を取りに行くのであろう。おぬしが言ったことじゃぞ？」

「案内する気になったか」

嫌そうに隊長が答えるが、鬼姫は気にもしない。

「いーや、さ、全員並べ」

「いや、隊長俺……」

「並べ」

　有無を言わせぬ凶悪な圧力に全員縮み上がる。なにしろ全員がこの鬼姫がオーガを文字通り一刀両断するところを見ているのだ。

「こいつの後についていくのじゃ」

　印を結んで折り紙を飛ばす。

「ほなの」

　折られた式神は風に舞うようにふわふわと揺れながら、街道の上を飛んで行く。

「う、うわあああ――――！　待てえええぇぇぇぇえええ！」

　兵士たちが隊列を組んで走っていった。

「凄いですね……。それ、魔法ですか？」

　神父が驚いて鬼姫に問いかける。魔法使えるのか！　という顔である。

「陰陽道（おんみょうどう）じゃの。安倍（あべ）の何とか言う子孫の小僧が得手（えて）（得意）にしとった。タネがわかれば簡単な仕掛けじゃ。驚くようなことちゃうわ」

「どういう仕掛けで？」

「式神は神や心霊、妖怪のたぐいを封じ込めた印の札じゃ。だがそのタネは実はただの念動力で紙を飛ばすだけのもの。まがい物じゃの。小僧の考えそうなことじゃ」

「……全くわかりません」

「うちにしてみればおぬしの使う言葉がわかる魔法のほうが意味不明じゃの。オーガの連中とも話ができたぞ」

その一言に驚く神父。

「オーガと話せたのですか！」

びっくりする神父に、なんでおぬしが驚くんじゃという顔になる鬼姫。

「人と話ができる妖怪はいろいろおったがのう……。こっちでは珍しいのかの？」

「オーガは魔物だと思われていたもので。魔族だなんて発想はなかったです……」

「魔族と魔物ってどう違うんじゃ」

「人と見れば襲ってくる動物、怪物は魔物ってことになっています。その中で人の言葉が通じる高度な知性を持つものを魔族と分けていますが」

「人と見れば襲ってくるなら熊も魔物かの？」

神父はうーんと首をひねる。

「いやいや、熊は人間を見ると逃げることのほうが多いでしょう。野獣ですが……」

うちは熊に襲われたんじゃがのう、と言いたくなったが、まあそれは言えばややこしくなるに違いないので放っておく。見た目で言えば、服着てないのが魔物、オーガみたいなやつでも一応腰巻は巻いていたから、服着ているのが魔族でいいんじゃないかと思うのだが。

「オーガと話せる……。思いつきもしませんでした。私の魔法ってそんなに強力だったのですね。これは研究を続けなければ……」

それをやるには神父がオーガに会いに行かないといかんのではと思うが、まあせっかく研究すると言うんだからそれも放っておく。

「それでのう、お頼(たの)申したいことがある。申し訳ないんじゃが」

「あっはい。村を襲うオーガの討伐を助けていただいたのですから、お約束通りできるだけ協力いたします！」

「衣(ころも)がボロボロなんじゃ。新しく仕立てたいので白と赤の反物を二反ずつ、あと針と糸をいただけないかのう」

「そんなことでよろしいのですか？」

「んー図々しいとは思うが、お祓(はら)いに穢(けが)れた衣では神事に差しさわりがあってのう」

「浄化ですね。神父である私も同じようなことをやりますが、まあ言ってみればおまじないです。正当な神聖魔法とは……、って、オニヒメさんそんなこともできるんですか！」

「いや、まあ、やってみただけじゃ。この世界でもご利益があるかどうかわからへんの」

鬼姫も大和(やまと)の神々がこの国にいるとは正直思えない。国が違えば神も違って当然だ。日本の神話も日本の国の成り立ちから始まっている。日本で神話ができたときにはもう、海外に他国という概念があったことになる。

　教会から村の女たちに頼んで、反物を用意してもらった。希望通り赤と白の布が用意できて、鬼姫はたっぷり寝た後、その日から喜んで巫女装束の仕立てにとりかかった。

　教会で寝泊まりする間も村人はいろいろと面倒を見てくれるし料理もうまい。女たちがオーガにさらわれて孕まされる、なんてことから鬼姫が守ってくれたことは確かなのだ。みんな感謝してくれたし、歓迎もされていた。そんな気持ちが、鬼姫には嬉しかった。

米、味噌、醤油がないのはいささか寂しかったが……。


翌日には討伐を確認してきた兵士たちがヘロヘロになって帰ってきた。

全員その惨殺現場を目の当たりにして、心の底から震え上がっていたが、帰ってくるなり、教会に隊長が怒鳴り込んできたのにはうんざりした。

「おいっ！　オーガの洞窟、ぐちゃぐちゃだったぞ。お前何やった」

「金棒でどついただけじゃ。暗かったし、武器や鎧に当たると刀じゃ刃が欠けるかもしれんでの」

刀を打ち合わせてチャンチャンバラバラというのは、実際にはよほど緊急でなければやりたくないものである。まず一回で刃が潰れダメになるし、敵がより強く重い剣ならば刃が欠ける。だから鬼姫は敵の得物がバラバラで何かわからないときは棍棒を使うのだ。

「躯(むくろ)（死体）がゴロゴロして血の匂いがすれば、狼や熊が食いに来る。そのせいじゃろ。討伐証明とれんかったのかの？」

「とんでもねえな……。耳をちょん切ってきた。お前これ持っていくか？」

なんだか臭そうな袋を持って差し出す。袋の下から血がにじんでぽたぽたと垂れそうだ。

「いらんて。おぬしらが討伐したことにせいと言うたであろう。なんでそんなもんが必要なんじゃ」

そのことが鬼姫には今一つわからないのであったが。

「ハンターならハンターギルドに討伐証明を持っていけば討伐報酬がもらえるだろ。金稼ぎになるんだぞ？」

「はんたーとかぎるどとかなんのことじゃ」

「あーもう、受け取ってくれよ！　俺たちだってお前に恩を感じてんだから、これでチャラにしたいんだよ！」

本音が出た。一応この傲慢そうな隊長も、鬼姫には感謝してるということになるのだろうか。

「ハンターってのは獣や魔物を狩る仕事だ。お前が熊の肉を獲ってきたのも、オーガを討伐したのもハンターの仕事になるし、そんなハンターどもに資格を与え仕事を回す組合がハンターのギルドってわけだ。お前もそれで食っていくならハンターに資格登録しておけ」

「要するに狩人かの」

「……まあそうだ」

「わかった。面倒そうになったらそうするわの」

「で、討伐証明……」

「いらんて」

隊長はがっくり肩を落としてオーガの耳が詰まった袋を持って帰った。

これ、自分たちが討伐したと偽れば、明日からより過酷な仕事になるに決まっている。隊長は結局、この際だから何もかも正直に国軍に報告してしまおうと腹を決めたのであった。

鬼姫、東へ

三日後、衣の仕立てが終わり、旅立ち準備が整った。

とりあえずの目的地は王都だ。

「紹介状を書きました。次の町に着いたら教会にこれを渡してください。きっとお力になってくださると思います」

ストラス神父が書状を一通持たせてくれた。

「助かるわ。礼を申すの。おおきにありがとう」

鬼姫は素直に頭を下げる。

実際、もしこの神父に受け入れてもらえなかったら、あのまま山にこもって熊や他の動物たちを狩り、木の実、野草を集め、自給自足するところまで考えたであろう。

「それから、これは村民が自分たちでお礼をしたいと集めてくれた浄財です。現金は無いと必ず困りますから、お納めください」

ずしりと重そうな金袋を渡してくれる。

神社の収入はお賽銭だけではない。依頼を受けて祈祷したりお祓いしたり、結婚式や葬式まで請け負うことがありそれが主な収入源となる。民から集まる金銭はなによりの収入であった。

「……それほどのことをやったのかのう。感謝いただけるならありがたく使わせてもらうの。礼を申し上げたいの」

「いえいえ、礼を言うのはこちらです。村が襲われ、焼かれ、男たちが食われ、女たちがさらわれることを考えたらこれでも安いぐらいです。村民一同の感謝のしるしです。遠慮なくお受け取りくだされば私たちも嬉しい」

鬼姫はもう一度頭を下げる。

「あと、これは地図と、辞書です。読み書きも学びましょう」

「うえー……」

「東へと向かうのでしょう？」

「そうしようと思うておるがの」

日本は東の果てにあった。この世界に日本があるのかどうかはわからないが、どうせ王都を通る道になる。どのみちこの村は南北に国境を隔ててこのルント国の最西端。東に向かう以外の街道はないのである。

「でしたら、次の町はバスクですね。どうぞお気をつけて」

見回すと、多くの村民が見送りに来てくれていた。

食事を用意してくれた奥さん、反物と針と糸を貸してくれたご婦人、さらわれるところだった若い女に子供たちに村の男。みんな笑顔で送り出してくれる。

荷物をまとめて風呂敷代わりの布に包み、袈裟に背負って鬼姫は歩き出す。

「世話になった。またのう――――！」

「いつでも戻ってきてくださいよー！」

「地図、地図」

地図を広げて歩きながら道を確かめる。バスクという町、地図で言うと七〜八里（30キロメートル）といったところか。半日歩けば到着しそうである。丸が付けてあるのは世話になった村だ。

「うーん、あの村、ラルソルと言うのか。聞いてなかった」

また困ったときは世話になることもあるだろう。覚えておかねばと思った。

そうして歩いていると後ろから馬が追いかけてきた。

「おうーい！」

振り返ると、陣を張っていた兵士の一人であった。

「まだなんぞ用なのかの、下っ端兵士」

また厄介事しか想像できず鬼姫はうんざりした顔をした。

「下っ端……。いえ、同行させてもらおうと思いまして」

「足手まといはいらん」

ずーん……。軽甲冑に身を包んだ若い兵士はがっくりする。

「……その、私はこの隊長の報告書を届けなければいけない連絡係でして」

「そやったらさっさと先行くのじゃ連絡係の下っ端兵士。馬のほうが足が速いであろう」

馬にはオーガの討伐証明の耳が入った、例の血のにじんだ袋が積んであった。

「その、お姉さん、どこに行ってもいちいち説明が大変でしょうし」

「気安くお姉さん呼ばわりはやめてもらおうかの」

「……名前を聞いておりませんでした。私はエドガー・ランス。子爵家の三男で」

「どうでもよろし。ついてくるな。それかさっさと先に行け連絡係の下っ端兵士」

　ずーん……。

　いちいち面倒くさい男である。

「あの、あなたのお名前は？」

「鬼姫じゃ。お・に・ひ・め。せんども名乗っておるであろう。なんで覚えられん」

「オニヒメさんですね。外国人の名前はなじみが無いのでどうしても覚えにくくてですね」

「うちもそうじゃ。だから面倒だからおぬしも名乗るな。覚えたくないわの下っ端」

　ずーん……。

　仕方ないと、とりあえず相手をする。

「この地図、さいぜんまでいた村の読みは、ラルソルでええかの」

「はい、その通りです」

「この国の名前はルント、首都はテルビナレ」

「ルントは合ってます。首都はテルビナルです。はい」

「次の町はバスク」

「はい、その通りです！　お見事です。よく読めるようになりましたね！」

「おべんちゃらはいらんわの連絡係の下っ端兵士」

　地図と辞書、首っ引きで歩きながら勉強する鬼姫。やまと言葉の辞書などこの世界にあるわけ無いが、地名をどう発音すればよいかぐらいはこれでなんとかわかるのだ。

　まあバスク到着までの半日ぐらいは、このままいろいろ教えてもらったほうが良いかと思う。この男、貴族なのであろう。だからといって馬に乗ったままなのは気に入らないが、それもお国柄と言うもの。郷に入っては郷に従えというぐらいは、鬼姫もあきらめていた……。


　バスク到着。もう昼を過ぎていた。

　バスクは町の規模の大きさ。最初の村ラルソルの二十倍ぐらい大きい。

　ここも外敵が多いのか、高さ二間（3・5メートル）の頑丈そうな木造の柵で囲われていた。

「柵に囲まれた町かの。妖怪、物の怪のたぐいが出るのかのう」

「まあそれはどこでもそうです。だから私たちが警備をしているわけですが」

「まるで役に立っておらんように見えたがの」

　どずーん……。

「おなごを歩かせて自分だけ馬に乗っていいご身分じゃの」

「あーあーあー……。そういうとこっすか」

　もう五分に一度は落ち込んでいる。エドガーは馬を降り、くつわを引いた。門前には誰もいなくて門番も暇そうだ。

「まあこちら方面にはラルソル村しかありませんからねえ。人の行き来の少ない門です」

「要するに関所じゃろう。そやったら関所手形が必要かのう……」

「いえ、入領税だけですね。多少の身元の質疑はあります」

「関所銭を払わんと入れん藩もあったのう。やることはどこでもおんなじやの……」

　とりあえず、ずんずんと門に進む。

「あっ、ちょっ」

　ここまでついてきた連絡係の下っ端兵士が何か言いかけるが、かまわず鬼姫は門に入る。

「たのもう。町に入りたいんじゃが、どうすればよいのかの？」

「仕事は？」

　ぶっきらぼうに番兵が問いかける。

「うーん、今は仕事はしておらんが」

「無職かよ……。何かできる仕事が無いとこんな街に来ても暮らしていけないぜ？　入領だってお断りすることもある」

「そら困ったのう……」

　そのやり取りを聞いて馬のくつわを引いてきた下っ端兵士が慌てて口をはさむ。

「あー、この方は私の連れです」

「エドガー君！　おお、国境警備ご苦労さん。なんかラルソルがオーガに襲われたんだって！

大丈夫だったかい！」

　どうやら門番と、兵士は知り合いらしい。

「なんじゃ、連絡係の下っ端兵士、知り合いか？」

「エドガーです。はい、無事解決しました。ご心配なく。今回はその報告もありまして」

「わかった、通っていいよ。いやーよく撃退できたね。また襲ってきたりしないかね」

「あ……。全部討伐できました。もう大丈夫です」

　下っ端兵士が、バツが悪そうに返事する。なにしろその討伐を全部一人でやった鬼姫がそこにいるのだから気まずいったらない。

「本当かい！　そりゃ凄い！　国境警備隊がよくオーガの軍団を撃退できたね！　偉業と言っていいよ！」

「いや、その、運も良かったわけで……」

「だったらすぐ連絡したほうがいい。もう国軍が到着してるよ。明後日にはラルソルに向かうんじゃないかな」

　遅すぎないか国軍、と鬼姫は思う。イヤイヤな用事をできるだけ引き延ばして村がおおかた被害に遭って事後になってからゆっくり到着するつもりであったのだろう。ヘタレもいいところだ。

「……そうさせていただきましょうかね」

　下っ端兵士も全く同じことを思ったらしく、声に嫌味がこもっていた。

「で、そちらの方は？」

「討伐で大変お世話になった……、その、村の教会関係者といいますか、説明が難しくて」

「調子いいのう連絡係の下っ端兵士」

「いい加減その呼び方やめてもらえません？」

さすがに下っ端……、エドガーがムスッとする。

「一応聞くけど、身分証明は？」

「教会の神父様がこれを見せろと言うておったの」

そしてストラス神父から預かった書状を見せる。

「……神父様からか。確認するにしても私が開封していいものじゃないね。通っていいからこのまま教会に向かってくれ。二人とも入領税はいらないよ」

「お役目はばかりさんじゃ」

二人、軽く会釈して門を通過した。

「はばかりさんってなんですか？」

「ご苦労様って意味じゃ。それじゃ通じんかの……」

言語翻訳能力もいろいろ限界がありそうだ。

「ここでお別れじゃお江戸。達者での」

「ちょちょちょ、教会の場所わかるんですか？　それにオエドってなんですか。エドガーです」

「あれじゃろ。あの高い塔。屋根の上に十字架が立ててある」

伴天連(ばてれん)の目印と言えば十字架である。それが日本のキリシタンの常識だ。だがエドガーは首を横に振る。

「……あれは衛兵詰め所ですよ。突き刺した剣の形をしています。教会の建物はあれです。白い翼を広げたやつですね。覚えておいてください」

「そういや村の教会も翼だったの」

どう見ても西洋なこの世界で、キリシタンの教えが無いとは。やはりこの世界は日本があった世界とは違うのかと鬼姫は実感することとなった。

「わかった。礼を言う。では達者での」

「ちょちょちょ、説明できるんですか？　ご自身のこと」

「なんとかなるじゃろ。それよりおぬしさっさと国軍に報告に行かんと余計相手を怒らせることになるがの」

「そうでした！　私も報告が済んだらすぐに教会に向かいます。用が済んでもそちらにいてくださいね！」

「知らへんがな。では達者での」

そして教会に向かって歩き出す。

周りからの視線が凄い。こんな西洋の町の中を歩いている和服の大女。しかもよく見れば頭に角が生えている。これは目立ってしょうがない。

「角隠しが必要かのう……」

それだと完全に結婚式の花嫁になってしまう。鬼姫は髪はストレートで垂らしているだけ。垂らした髪の先は白い紙で平元結に縛ってある。

「髪を結い上げて隠すのも面倒だしのう……」

そんなことを考えながら教会に行く。扉が開いているので勝手に入ると、礼拝所になっており長椅子が並べられた正面には祭壇がある。

祭壇の上には……女神像。

「観音様かのう。白鳥みたいな羽が生えとる。変わっておるの。マリア様やないのかのう」

村の教会には祭壇に供え物と神具が並べてあるだけの粗末なものだったので、像が飾ってあるのはこの世界では初めて見た。

教会には誰もいない。長椅子の隅っこに座って、誰か来ないかととりあえず待ってみる。

旅の疲れもあってうとうとしていると、教会の扉から女が入ってきた。

「あら。もし……。礼拝の方ですか?」

ポンと肩を叩かれ、見ると、頭にフードをすっぽりかぶった白黒に縫い分けられた外套の女である。食料品が入った紙袋を抱えている。

「ん、教会のお方かの?」

「はい、シスターのエリーと申します。礼拝ですか、懺悔ですか?」

「しすたー……。修道女のことかのう。失礼したの。扉が開いていたので勝手に入らせてもらったのじゃ」

「かまいませんよ。教会の扉はいつも開かれています。ご自由に参拝いただいて結構です。歓迎いたします」

そう言ってにっこり笑う。やっぱり初対面の相手にまず笑顔でやり取りされるのは安心するものである。

「うちは鬼姫と言う。ラルソルの村の教会神父のストラス殿の紹介でこちらに参った。この書状を預かっておる。この教会の長にお取次ぎ願いたい。よろしゅうお願申します」

「ストラス様の……。承知いたしました。ここでお待ちください」

シスターは手紙を受け取ると、祭壇の横の通路から教会奥に歩いて行った。

また四半刻ほど待たされたであろうか。そろそろ眠くなってきた頃に、神父ストラスと似たような格好をした初老の男が先ほどのシスター・エリーと共に祭壇にやってきた。

「こんにちは。初めましてオニヒメさん。ストラスからの書状を見せていただきました。ラルソルの村を守っていただいたそうで、私からもお礼を申し上げます。ありがとうございました」

そして二人で鬼姫に頭を下げる。

礼には礼を以て向き合うのが礼儀であろう。鬼姫も席を立ち、頭を下げた。

「お初にお目にかかるのじゃ。村のことは、まあ成り行きで助けることになったんじゃが、右も左もわからへんうちの面倒を見てくれはったこと、感謝しておるの。オーガのことはせめてその恩返しと思っていただければ幸いじゃの」

「オーガの軍団をお一人で全滅させたと……。とんでもないことですが、ストラスがその目で見たとなれば、信じるしかないですな。私はここの神父を務めているロンスルと申します」

鬼姫のような怪しい人物にもこの対応。なかなかの方とお見受けできると感じた。「神父」というのは、要は神社の宮司みたいなものだろうと思ったのもだいたいその通りだろう。もう一度頭を下げて礼を尽くす。

「手紙によると、あなたは……その、異世界より神隠しのごとくこの地に参られた、異教徒のシスターだと」

「申し訳ないのじゃが、しすたーとは？」

「神に仕える乙女のことです。男性が神父、女性がシスターと思っていただければ」

要するに尼や巫女に相当するものと考えていいだろう。あの数日間の数少ないやり取りでそこまで理解できるとはメトラスの翻訳能力は本当に大したものである。

「紅葉神社で養われ、巫女の真似事をしておったのう。社を守るために捕物をすることもあって、こちらでもそれでお役に立てたのなら本懐じゃ」

「ふむ……。その角、あなたは人間ではないとのことで、そう考えてもよろしいですか？」

「かまわないの。うちは鬼子じゃ。人ではない。鬼の最後の生き残りじゃ……。番もなく、子も生すこともできず、うちが死ねば鬼は滅ぶ。神は異なっても、死ぬまでの間、何かのお役に立てればそれでええと思っておるの」

「私たちの教会に通じるものがあります。私たちも同じです。そこは異教徒でも、生きる目的は同じなのでしょうね」

仏教徒でも伴天連でも、聖職者は結婚せず独身を通す宗教は少なくない。確かにそこは同じかもしれないと鬼姫は理解する。一方で日本では伴天連、キリシタンを過酷な弾圧で迫害してきた歴史がある。自分はここにいていいのかとも思う。

「ここの教会は、異教徒は受け入れてもいいのかの?」

「我が国だけでなくこの大陸では一神教である女神レミテス様を信仰しておりますが、だからといって異教徒の排除はしておりません。現に異教徒の国家との貿易も盛んです。まだ完全に差別がなくなった平等な社会とは言えませんが、女神レミテス様の教えの元、宗教の別なく自由博愛平等を掲げております」

「そこにうちのような異教徒の鬼がいてもええと」

「もちろんです」

「良かったのじゃ……」

自然に頭が下がる。日本であっても、やはり鬼は人と争ってきた歴史があるし、最後の一人になっても、完全に受け入れられたとは言い難かった。

祠に祀られるようになったのは、鬼姫が死んだ過去の絶滅種であったからに他ならない。もし現代も鬼が生きていたら、差別がなくなっていたかは誰にもわかるわけが無いのである。

「オニヒメさんはこれからどうしたいですか?」

にこにこ笑いながら神父ロンスルは問いかける。

「好きに生きたいの。この世界を好きに回りたい。そしていつか東に向かって果てまで行き、うちが生きておった日本が、この世界にあるかどうかこの目で確かめたい……」

「それは過酷な旅となるでしょうな……。この世界の地図、ご覧になりますか？」

そう言って書物のページを開いて見せてくれた。全く見覚えのない、大陸地図であった。

日本でも南蛮、東南アジアと貿易をしていた江戸時代の初めには、もう世界地図は知られていて、鬼姫も西洋、東洋があり日本は小さな島国であるぐらいは理解していたのだが……。

「違う。どだい違う世界じゃ。うちの住んでおった国もない……」

「まるで異なる世界から、転生したかのごとく？」

「うちは日本ではもう死んだ覚えがあるの。でも生まれ変わったとは思わぬの。うちがこの世界に来たのはほんの七日前のことじゃし」

「この世界も全てが探索されたわけではありません。我々がまだ見ぬ新大陸、知らない土地、知らない国がいくらでもあるはずなのです。あなたの故郷、本当にこの世界にないとは誰にも言い切れません。まずはこの国でこの世界を学びながら、生きてみるのはどうでしょう。極東へ旅立つのはその後でも遅くはないと思いますが」

「そうしたいと思うておるの」

鬼姫はうなずいた。

「念のためにお聞きしておきますが、女神レミテス教に改宗なさるつもりはございませんね？」

「……教えは素晴らしいと思うのじゃ。でも生き方そのものは変えられぬし、かえってやくたいするのは目に見えておるの」

……神父ロンスルはちょっと考え込む。

「だとすると、私にはオニヒメさんは教会のシスターになるよりも、ハンターになって、ハンターギルドに所属し、そこで自由に冒険してもらうのが一番いいように思いますな。私たち教会同様、ハンターギルドも全世界的な組織で、そこに国境はありません。教会からもオニヒメさんに様々な依頼をすることができますし、もしそれでこの世界に貢献できると思うのであれば」

「お役に立つかの？」

「なによりお強い。オーガの巣を全滅させるなど、国軍の一団を派遣しても何人犠牲者が出るかわからぬほどの偉業なのですから」

しばらく考えていた鬼姫だが、納得したようにうなずいた。

「わかったのじゃ。行てみる。お世話になったのじゃ。礼を申す」

「お役に立ててなによりです。紹介状を書きましょう。ギルド長にお渡しできるものです」

「おおきにのう」

「おーいオニヒメさん！」

息を切らしてお江戸が教会に入ってきた。

「あー、よかった！　まだいた！」

「なんじゃやかましい」

「神父様、いつもお世話になっております。こちらのオニヒメさん、ご案内申し付かり同行させていただきました」

「ご苦労様エドガー君。あらかた事情はお聞きしました。オーガの襲撃、大変でしたね……」

「いやぁ、オニヒメさん一人で全部やっつけてくれまして、私ら出る幕もありませんでしたよ……、あっはっは……」

　どずーん……。

　落ち込むエドガーによくそれで兵士が務まるのうと思う鬼姫。それでも、この神父とも知り合いとは顔の広さに少々驚く。

「こちらにオーガ討伐のために国軍が派遣されていたと聞きまして、急ぎ討伐完了と連絡をしなければなりませんでしたので遅れました。申し訳ありません」

「いえいえ、急を要する知らせでしょうからな。お気になさらず」

　神父は気にもしない。

「それで、そんなオーガを一人で倒せるような女がホントにいるなら連れてこいってことになりまして！　オニヒメさん、よかったですね！　国軍に採用されますよ。あなたの仕事が見つかったんです！」

「お断りじゃ」

　鬼姫、即答。どずーん……とするエドガー。

「えーなんでですかぁ……。国軍ですよ国軍。私も国境警備隊の一人として国軍に所属してます。給料出ますよ？　大変に名誉なことですよ？　しかも国境警備隊とか地方の国軍駐屯地なんて仕事じゃなくて、オニヒメさんだったらきっと王都に勤めることだってできますよ？」

「ほして宮使いさせられてやっすい駄賃(だちん)で嫌な仕事ばかり押し付けられ休みもなしにどこにも行

けず一番下っ端で働かされるのであろう」

「なんでそこまでわかるのです……」

「おぬしを見ればの」

「私ってそう見えますか……。国軍の派遣隊長、腕を見てやるとか言ってましたから、コテンパンにやっつけてやってくださいよお！」

「そっちが本音かの」

助けに来た体面だけ装って事が終わるのを待っているような、仕事はしたくないくせに気位だけ高いヘタレどもにエドガーも頭にきているというのはまあわかる。

「武人というやつは恥をかかされればそのことを生涯恨む。目をつけられて何かといちゃもんをつけられ忌み嫌われることになろう。お断りじゃ」

古都で狼藉を働く傾奇者を懲らしめたら、徒党を組んで社まで意趣返しに来てうんざりしたことがある。連中にしてみればおなごに負けるなど切腹ものの士道不覚悟らしいが、何度も返り討ちにしているうちに寺社奉行の仲裁が入り、武家の棟梁が詫びに来るまで騒ぎは続いた。おかげで多人数との乱戦は達者になったが、宮司にはしこたま怒られた。

「私らもオニヒメさんにコテンパンにやられましたが、恨みなんてありませんよ。感謝しかないです」

「おぬしの隊長はどうなんじゃ？」

「あーあーあー……。申し訳ありません……」

謝るしかないエドガー。まあその立場を考えれば気の毒ではある。

「エドガー君、オニヒメさんはハンターギルドに入ることにしたようですよ。今紹介状を書きますから案内をお願いします」

さすがに神父が苦笑いで助け舟を出した。そのまま奥に引っ込む。鬼姫と、エドガーと、シスター・エリーが祭壇の前、長椅子に残る。

「ハンターか……。確かにそれならオニヒメさんにピッタリだ。いいなあ。俺もハンターになりたい」

一人称が私から俺になっている。素で正直な話なのだろう。

「おぬし貴族の出じゃろ。武人として勤めるのは公僕の義務じゃ」

「そうは言っても三男だし」

「出世の見込みもお家を継ぐ見込みもないから言うて、狩人になるとは自棄が過ぎるじゃろ。生まれの幸運をもう少しは喜ぶがええの」

「なんか言うことが神父さんみたい」

「これでも巫女じゃからの」

ずっと話を聞いていたエリーも、うなずいて言う。

「エドガー様、私もハンターはどうかと……。その、気楽な自由業に見えて、明日にでも死ぬかもしれない危険なお仕事なんですよ。この教会からも何度もお葬式を出しましたが、若くして亡くなる男性は、ハンターの方が多いんです」

「そりゃそうだな。日々魔物と闘ってんだから、ヘタしたら国軍よりも死亡率が高いだろうし」

「それに、その、言ってはなんですが私、ハンターの方のお葬式で、女性の参列者を見たことがありませんし」

「……それ、全くモテないってこと？」

「……はい」

どずーん……。

「でも、オニヒメさん、異教徒のシスターって、なんか素敵ですねえ！」

エリーの目が鬼姫に向く。

「私、異教徒に興味津々なんです。ぜひ仲良くしてみたいって思ってまして」

「変わっておるのう。宗旨(しゅうし)替(が)えでもするつもりかの？」

「いえ、そうではなくて、みなさん面白い神話や神々の冒険譚(ぼうけんたん)など残っているものが多いですから。やっぱり異国の文化って面白いです」

「あかんのう。実はうちも、この世界はかなり面白いのではないかと思い始めておるからのう」

「でしょ？」

「あはははは！」

神父が書状を持って戻ってきた。

「私からハンターギルドのマスターに紹介状です。ハンターギルドで見せてあげてください」

「おおきにありがとう」

「あと、必要かどうかはわかりませんが、レミテス教の聖書をお渡しします。改宗なさるおつもりはなくても、この国の文化、歴史が理解できるようになると思うので、少しずつでも読んでください。きっと役に立ちます」

手のひらに載るような大きさの小冊子だ。信者に配るものなのだろう。

「おお、面白そうじゃ！」

「これからのご活躍を祈ります。また何かありましたらいつでもいらしてください。お元気で」

「お世話になりもうした。この御恩決して忘れませぬ。ありがとうございました」

珍しく口調を改めて感謝をし、書状と聖書を受け取り、頭を下げる鬼姫であった。


「おぬしなんでついてくるんじゃ」

教会を出て振り返り、エドガーをにらむ。

「だって鬼姫さん、ハンターギルドがどこにあるか知らないでしょう」

外国人名であるオニヒメの発音もだいぶ様になってきた。鬼姫も、「お江戸」はそろそろやめてやっていい頃かと思う。

「そこらの飯屋で何ぞ食いながら聞けばよろし」

「なんで俺に聞くことは思いつかないんです……」

「これ以上世話になると後が面倒だとしか思えんて」

「面倒なんてかけませんて！」

「かけとるがの。国軍の連中に顔を出してコテンパンにやっつけるのが面倒でないちゅうんかの」

どずーん……。

「だからさあ、鬼姫さんが国軍に入ることを断って、ハンターギルドに入ったってのを見届けて、国軍の連中に報告するところまでが俺の今の仕事なの！　ここで帰って鬼姫さん逃したらまた怒られるの！　わかって！　お願いだから！」

口調が素になる。本音なのだろう。

「しゃあないのう……。とりあえず飯じゃ飯じゃ。うまい店に案内しいや」

「お安い御用で！」

エドガーの行きつけらしい店でたらふく飯を食った。エドガーはおごると言ったが、鬼姫の食う量を見て顔が引きつり、会計は別でと言う鬼姫の申し出に素直にうなずいていた。

ラルソル教会からもらった謝礼を初めて使ってみたし、エドガーに数えてもらったが、一週間ぐらいはこの街で寝泊まりして腹いっぱい食うぐらいの金にはなるようである。小銭ばかりで賽銭箱の中身のごとく。本当にみんな善意でできる範囲で寄付してくれたことがうかがえて嬉しくなる。神社勤めの鬼姫も大判小判のような高額貨幣はめったに見たことがなく、この世界の全部丸い金貨銀貨銅貨はちょっと面白い。

「たのもう」

しつこくついてくるエドガーを引き連れて、ハンターギルドに入ってみた。

なんだか汚く荒っぽい男どもが一斉にこちらを見る。武器武装をまとい、興味深げに見てくる視線がいやらしい。

「はんたーぎるどというやつに入りたいのだがのう。受付はこちらでええのかの」

片目に眼帯を当てた強面の白髪男が受付なようだ。

「……ああ、姉ちゃん、ハンター志願か」

「そうじゃ。教会の神父殿から紹介状を書いてもろうた。見てもらいたいの」

「女がやるような仕事じゃないってのは、重々承知なわけだよな」

「そやの」

「女でもやってもらうことは全く同じだぞ？　やっていける自信があるんだよな？」

「承知じゃ」

「……まあそういうことなら。神父様が推薦するなら受けなきゃいかんだろうし」

しぶしぶという感じで紹介状を読む……。

読み返す。読む。何度も読む。

「これホントか‼」

「何が書いてあるかなんてうちは知らへん」

「いくらなんでもちょっと信じられん。オーガの集団を一人で撃退したとか」

それを聞いてエドガーが口を出す。

「あ、だったらそれホントです。俺は国境警備隊の者ですが、この鬼姫さんがラルソル村を襲ってきたオーガ十匹を一人で全部倒したのをこの目で見てますので」

役に立つこともあるんじゃのうとエドガーを見る。

それよりも周りのハンターたちのゲッとした驚愕の顔もすごいのだが。

「それこそ信じられん……。あんた何使うんだ。魔法使いか？」

「魔法って、こちらでいう妖術のたぐいかの？」

「いやこの人剣士です。でっかい剣でずばずばオーガ斬ってました」

「剣士のつもりはないのだがのう……」

もう受付の男大混乱である。

「力業じゃねーか……。いったいどうやって闘うんだ？」

「刀とか金棒とか、他にもいろいろ使うがの」

「ふざけんなよアンタ。ハンターってのはジョブで専門をやるもんだ。剣士とか盾とか槍とか弓とか魔法職とか、ちゃんと分けてそれを極めるもんなんだよ。あれこれ手を出して何でもやるやつが使いもんになるわけねえじゃねーか！」

「敵によって得物を使い分けるのは普通であろう。弁慶だってそうしておったわ。一人でやるならそうなるじゃろ」

受付の男はあきれた。

「誰だよベンケイって……。お前一人でやるつもりなのか。ちゃんと職種をはっきりさせておかないとパーティーに誘われねえぞ？」

「ぱーてーってなんじゃ」

「要するに冒険者仲間だ。ハンターってのは冒険者で組んで一つのパーティーを作る。前衛、後衛、支援、回復、役割分担して獲物と戦う。それがセオリーってもんだ」

「そんなんおっても足手まといになった覚えしかないのう……」

もう受付男が完全に疑いの目である。

「だったらやってみろ。今町内に夜な夜なマンティコラが出没してる。毎晩衛兵とここのハンターどもで討伐しようと見回ってるが、つかまりゃしねえ。三日に一度は人が食われる。もう五人も犠牲になってんだ。夜出歩けねえでみんな困ってんだよ」

「まんていこら？　どんな妖怪じゃ」

「お前そんなことも知らないのか。ド素人じゃねーか！」

受付の男は大げさに首を横に振りながら手を上に広げた。お手上げ、である。

「魔物だ。体はライオン、尾は毒持つサソリ、顔は真っ赤な人間みたいなツラしてやがる。まぜこぜだよ。夜な夜な現れて人を食う。獰猛なヤツさ」

「それただの町に迷い込んだ猛獣のたぐいの見間違いであろう」

「多くの目撃者がいる。歯が三列あってやられた痕跡もそのものだ。疑ってるやつはいねーよ。夜になると不気味な叫び声を上げてな……。だが全く見つからん。実に用心深いね」

鬼姫はちょっと考え込む。

「それ、鵺とちゃうかの」

「ヌエ？」

「いや、何でもない。こっちの話じゃ。では手始めにそれからかかろうかのにたり」

鬼姫が笑った。そのまま身を返し、ギルドを出てゆく。それを見て、受付の男も、フロアにいたハンターの男たちも、凍り付いた。誰もが一言も発せず、鬼姫が扉をくぐるのを見送った。

「さすがだなあ……」

エドガーがボソッとつぶやく。

「……なにモンなんだあのねーちゃん」

冷や汗だらだらの受付の男。

「怖かったでしょ」

エドガーが肩をすくめる。

「バカ言うな。あんな……、あんな……。いや、ありえねえだろ」

冷や水を浴びせられ背筋が凍るような冷気。それを全員が感じていた。

「鬼ですよ」

「オニってなんだ？」

白髪の強面の受付が、エドガーに聞き返す。

「さあ、俺も知らないんです」

「だからなんでおぬしついてくるんじゃ！」

　街を歩く鬼姫の後を走って追いついたエドガーを鬼姫が手でしっしと追い払う。

「だから、マンティコラを討伐できたらハンターギルドに入れるんでしょ？　だったらそこまで見届けないと俺の仕事終わらないじゃないですか」

　強引な理屈である。

「国軍来ておるのであろう？　ついでじゃ、オーガは片が付いたのだから、この街の魔物でも討伐してから帰るように申し渡せ。少しは役に立てと言うておけ」

「そりゃ言いますがね、俺が言ってもねえ……」

「はよいけ」

「わかった、わかりましたよ。鬼姫さんはどうするんです？」

「うちはこの街の間取りを調べて、良さそうな場所を選んでおく。夜まで寝たいから宿も取るつもりじゃ」

「パーフェクトです。さすがです。言うことないです」

　エドガーも短い付き合いで、この鬼姫が実は優しく、面倒見もよく、人の味方になってくれる怖くない人物だと理解している。また、こう見えて魔物狩りの専門家だということも。

　国軍が滞在してる衛兵詰め所に向かって急ぐ。

　エドガーは、今夜、そのマンティコラ騒動に片が付くと確信した。そして、それを国軍の連中にも、ぜひ見てもらわなければと思ったのだ。


深夜。

「……探しましたよ」

エドガーが屋根にかけた梯子を上ってくる。

鬼姫は屋根が高い宿屋の上に陣取って、月明かりの町を眺めていた。

今夜は、いつもの白衣、袴に、胸当てをしていた。

「国軍はどうしたん？」

「今夜は見回りをするようです」

「おぬしが頼んだのかの？」

「いえ、俺が頼んでも聞いてもらえないので、町長に直談判して正式に要請をしてもらいました」

鬼姫の目が細くなる。

「そこまでせんと動かんのかの」

「動かないどころの話じゃないです。今夜出なかったら明日にはもう帰るそうで」

「国軍ってなんのためにおるんじゃ」

「……まあ王様が国内ににらみを利かすための戦力だと思ってもらえば。あちこちに駐屯地もありますし」

それでは民を守るための軍ではない。まるで民を脅すための軍である。まあ戦もない平時の武士なんてそんなものであろう。鬼姫にも覚えがあった。

「ハンターどもは？」

「見回ってますよ。マンティコラには賞金出てますからね」

「そらよいのう」

「ところで、さっき言ってた、ヌエってなんすか？」

鬼姫は記憶をたどる。

「……うちの国におった妖怪じゃ。頭は猿、胴はたぬき、尾は蛇、足は虎。夜な夜な、ひょえ――とかの不気味な声を上げて帝が寝不足になっとった。源氏の武士が退治したちゅう話もあったが、都にはたまに出ておったのう」

「はー……。どこにでもいるんですねえそのまぜこぜの化け物」

「そうじゃの。いろんな鵺がいるかもしれんのう」

「それでですね」

「そろそろ黙れ」

びしっと言われてエドガーは口を閉じた。

風がない。鬼姫は耳をそばだてて静かに音を聞いている。何も動かない。

時々えっほえっほと並んで走る見回り軍隊の足音、乱雑に乱れたハンターたちの統率のない足音が宿屋の下を通り過ぎる。

丑三つ時《うしみつどき》（午前二時）。

「来よった。声を立てるでない」

すっくと屋根の上に立った鬼姫は、また背中から長い竿《さお》を取り出した。

「（な、なんすか）」

「あの声が聞こえんかったか？」

竿をひん曲げて、弦《つる》をかける。櫨《はぜ》と竹を合わせた弓胎弓《ひごゆみ》である。

「（それ、弓だったんすかあ！）」

七尺五寸《230センチ》の和弓。人の背丈より長い長弓であった。

「（そんなでかい弓、引けるんですか！　こんなの見たことないですよ！）」

「黙れと言うておろう」

鬼姫はその弓の下、三分の一ぐらいの握りを持つ。上下の長さが同じなことが常識なこの世界の弓からすれば、異様でいびつな造りであった。

またどこから出したのかわからない矢を二本、つがえる。一本は弓、二本目は右手に握ったままだ。

時間が過ぎる。鬼姫は暗闇の一点を凝視している。

そして、弓を上に上げ、弦を引きながらゆっくりと腕を下げ構えた。鬼姫は大柄な女ではあるが、乳はさらしと胸当てで押さえつければ弓の邪魔になるほどではない。その凛として静の姿を、エドガーは美しいと思った。こんな綺麗な構えの弓兵は見たことなかった。

　バシュッ。

弓鳴りがして矢がまっすぐ飛んで行く。

くるりと返した弓を戻し、すぐに二矢をつがえ、間髪入れずもう一度放つ。

ひぃ――――ん、きゃうっ……。

夜の街に獣の絶叫が響き渡る。一町(110メートル)以上も離れたところから。

たたたっ。鬼姫が屋根の上を駆け出す。

「っと！　危ないっすよ！」

思わずエドガーが声をかけたが、鬼姫はかまわずぴょーんと屋根と屋根の間を飛び越えた！

そしてどんどん屋根を伝って、その悲鳴が聞こえた場所に向かって走り抜け遠ざかる。

「……とんでもねえ。ついていけるわけないっす」

慌てて梯子を下りるエドガー。

ヒィヨ――――ン……。ギャッ。

何かの断末魔を頼りに街を駆ける。

「な、なんだ！」

「見つけたのか！」

国軍兵士と、ハンターたちも深夜の街を駆け出していた。兵たちは松明(たいまつ)を持っている。

「あっちだ！」

既に何人かの兵が群れている場所にたどり着いた。エドガーにしてみれば矢は2、300メートルは飛ぶが、傷を負わせられる距離となると100メートルもない。この世界の弓の射程としてはありえない距離を走ったことになる。

そこには……。

右手に三尺二寸五分の大太刀、鬼切丸。左手にマンティコラの首を持った鬼姫が立っていた。切り落としたその首は赤い肌に耳も一見人間のようにも見えるが、くわっと開かれた口に歯は三列もあった。二本の矢が刺さって血を流して倒れる体はライオンの胴にたてがみ、毒を持つサソリの尾を持っている。

動物のたてがみは急所の首を守るための盾である。猛獣同士でも牙は食い込みにくく、爪は厚い毛に滑る。通常の剣ではとても切り落とすことなどできないはずだ。なによりどこから来るかわからない毒尾の攻撃が怖い。それを鬼姫は斬った。並の手練れではない。

「見回りはばかりさん。こないにでかいとは思わんかったのう。荷車はあるかの？　借りたいんじゃが」

身体はライオン。鬼姫にしてみれば胴はたぬきの鵺よりもずっと大きかった。周りの兵やハンターたちは返事もできずに、その恐ろしい光景に立ちすくんだ。

「むうっ……」

駆けつけたギルドの白髪男も絶句している。

馬の蹄の音が駆けてきて、止まった。

「やったのか？」

国軍の兵装に身を包んだ大男が馬を下りた。周りの者たちを押しのけて強引に前に出てくる。

「……誰がやった」

「この人ですが」

「この女が？　ありえないだろ」

ふんと鼻で笑うように出てきた男はエドガーに声をかけた。

「おい、お前昼の国境警備隊のやつだな」

「はい、エドガーです」

「オーガを倒したとかいう女ってのは、もしかしてこいつか？」

「そうですが」

「ふーむ……」

そう唸ると、男は鬼姫に向かって手を出した。

「ご苦労。後は我ら国軍派遣団がやる。それをよこせ」

「お断りじゃ」

「なんだと？」

これには口々にハンターたちからも抗議の声が上がる。

「なんだよそれ。手柄横取りする気満々じゃねーか」

「どうせ自分たちが倒したってことにするんだろ」

「ねーちゃん、相手すんな。絶対後でひどい目に遭うぜ」

さすがにこれはハンターたちも鬼姫の味方であった。昼のあの尋常ではない殺気、どう見たって一人で仕留めたその腕前、ハンターとして一目置くどころの騒ぎではない。もうこれは認めるしかないし、ぜひハンター仲間になってもらいたかった。

「隊長、この娘はうちのギルドのハンターでしてね、この仕事ギルドの管轄なんでさ。引っ込んでてもらえますかね？」

いやそれも図々しいというものだろうと、ギルドの受付男に思う鬼姫である。

「試験は合格かの？　受付はん」

多少嫌味交じりになってしまうのは仕方がない。

「受付じゃねーよ。俺はギルドマスター。合格も合格、大合格だ」

「話が早うてええのう。さ、これを運ぶんじゃ」

鬼姫は鬼切丸を拭きながらにっこり笑う。昼間見た氷のにたり、とはまた違う、乙女らしい華やかな笑顔であった。

「待て、だからそれは我が軍……」

国軍隊長が何か言いかけたが、鬼姫がひらりと手を振ると押し黙った。棒立ちになり動かなくなる。

「さ、皆の者、働け働け！」

「おお――――！」

月夜の夜に、男たちの鬨の声が上がる。

「隊長！」

「隊長？」

「あの、隊長……？」

国軍の兵たちが動かぬ隊長にかまけている間に、荷車が引かれ、全員でマンティコラの死体を乗せ、ギルド会館に向かって走り出した。

「ふああ……眠くなってきたの」

その後ろをのんびりと歩きながらついていく鬼姫。

「マンティコラの声が聞こえたんですか？」

さっきの鬼姫が動き出したときのこと、エドガーは気になって仕方がない。

「……笛か、ほら貝みたいな声だった。鵺とは違うの」

「そうですね。笛とラッパを合わせたような声だと伝わってます。マンティコラってのは『人殺し』の意味がありましてね。トラかライオンみたいな猛獣の見間違いのことが多いんですが、本物が出るとはね……」

似たような魔物にギリシャ神話の「キマイラ」がいるが、そちらは獅子の頭、ヤギの胴、ドラゴンの尻尾を持つというさらにカオスな構成でしかもメスである。日本に鵺がいるように、このようないろいろな動物が合わさった魔物の伝説はどこの世界にもある。

「さっきなにしたんす？　国軍の隊長に」

もう何でもアリだなあこの人と思ってエドガーは声をかけた。

「金縛りじゃ。これも安倍の何とかいう小僧が得意にしておった」

「そんな魔法があるんすか！　それ、ヤバすぎじゃないですかね？」

横を歩くエドガーの顔を見て鬼姫はふふんとドヤ顔をする。

「陰陽術に見えてそのタネはただの催眠術なんじゃ。おつむは起きておるのに体は寝とる。そんな状態じゃの。明日になれば目も覚める」

「あー、子供の頃、寝ててそんなふうになったことありますわ。って、明日まであのまんまなんすか隊長！」

ふふっ。あはははは。

深夜の町に、二人の明るい笑い声がひっそりと、響いた。


リーン。

掛けまくも畏き
伊邪那岐の大神
筑紫の日向の橘の
小門の阿波岐原に
禊ぎ祓へ給ひし時に
生りませる祓戸の大神たち

夜明けの空が白む頃。ギルドの門前にて荷車のマンティコラの死体の前で、お清めが捧げられていた。

諸々の禍事、罪、穢、有らむをば
祓え給い
清め給へと白す事を
聞こし食せと
恐み恐みも白す

リーン、リーン、リーン。

祓串を振り鈴を鳴らし、祝詞を奉上する、白い羽織(はおり)を重ねた鬼姫の荘厳(そうごん)で美しい姿にハンターのいかつい男たちも、なぜか片膝ついて頭(こうべ)を垂(た)れ、共に祈りを捧げていた。

「なんだかなあ……」

「まあいいじゃないっすかマスター。姫がやりたいって言ってんだから」

「なんだよもう。なんでお前らまですっかりたらし込まれちゃってるわけ?」

「なんだかめっちゃありがたみがありそうじゃないっすか。絶対やってもらったほうがいいって感じするっす」

「まあそりゃそうだがな」

そして、その夜討伐に参加した男の一人一人に、祓串を振りお清めをする鬼姫。

「……いやそれ全員にやるの？」

「……やる気みたいだな」

「俺されたい」

「オレも」

なんだかおかしな雰囲気すぎる。でもそれも鬼姫らしいと一緒に並んでいたエドガーは思う。

「ハンターのカードだ。これが身分証明になる。これでどこの町でも、どこの国でも、通行料はかからん。門を通るときは番兵にこれ見せとけ」

「ほー……。関所札じゃのう」

ギルドの一室で、ギルドマスターからオニヒメと書かれたカードをもらう。裏をひっくり返すと、「オーガ、マンティコラ」と並んで書いてある。悪鬼（あっき）、鵺（ぬえ）といったところか。

「それを倒したって実績だ。それ見りゃどれぐらいの実力があるハンターかはわかる。ランク代わりだ。それはギルドでないと書き込めないように特別なインクで偽造防止されている。本人だって証明もできるからな。またなんか倒したらギルドで追記してもらえ。一生使えるぞ。なくすなよ」

「わかったのじゃ」

「ギルドじゃ通例として軍みたいにランクやレベルはない。ランクがあるとどーしたってメンバー同士のいざこざの元になる。威張りたかったら名を売れってことで、俺たちゃ名前そのものがランクみたいなもんだ。悪事を働きゃあっという間にその名が知れ渡るってことでもある。まっとうに働けよ」

「もちろんじゃ」

「それとこれ。町からマンティコラ討伐の賞金」

小さい手のひら大の金袋をもらう。

「これだけかのっ！」

中身は貨幣が一枚入っているだけだった。

「なかなか捕まらんかったせいで賞金は上がって金貨五十枚だからな。かさばらんように白金貨一枚になってる。それで金貨五十枚の価値がある。お前は金の価値はよくわからんようだが、普通なら数か月は普通に飲み食いして泊まって暮らせる金だ。慣れないうちは大事に使え」

この世界の金貨一枚は、鬼姫から見て一朱金という感じであろうか。

日本では小判一両の下には、四角い切手のような形の二分金、一分金、二朱金、一朱金のように少額金貨があった。関東では金貨、関西では銀貨が多く、古都の出身である鬼姫には銀貨のほうがなじみが深い。

この世界の金貨は丸くて薄い。現代の日本にすると一万円ぐらいの価値と見ていいだろうか。

それが五十枚で、白金貨一枚ということらしい。つまり大判小判の小判に相当する。

「そういうことならおおきにありがとう」

「本当はギルド手数料で一割もらうところだが、やれって言ったのは俺だしな。人を食ったマンティコラの死体なんて使い道もないから金にならんし、俺からも礼ってことでサービスしとくわ。白金貨は一般に流通してないから、金貨にしたかったら銀行か両替屋で替えてもらえ。普通の店では金貨出されても両替できない店もあるから銀貨も用意しておいたほうがいいだろうな」

「わかったのじゃ」

「もう町を出るんだろ？」

「面倒なやつらがぎょうさん絡んできそうやからの」

「パーティーはよく選べよ。お前は強いし器量もいい。引っ張りだこになるだろうし」

「当分は一人でやっていくつもりじゃ」

「……まあ、がんばれ。この世界は悪いやつも多い。騙されて利用されるようなことには気をつけろよ」

「世話になったの」

「こちらこそ」


この町で用意した旅の道具をつづらに背負い、鬼姫はギルド会館を後にした。

夜が明けて日が昇っている。次の町に旅立つのだ。

東へ、東へ。とりあえずの目標だ。

「鬼姫さーん」

またエドガーに声をかけられた。今度こそ会わずに旅立てると思っていた鬼姫は顔をしかめる。

「おぬし、もううちについてくる理由があらへんじゃろ」

「はい、ですから、ここでお別れです」

「ふうー、やっとかの」

「国境警備に戻らないといけませんので」

「お勤めはばかりさんじゃ。これからも励め」

「はい。いろいろお助けいただいてありがとうございました」

「んー、まあそらこっちもおんなじじゃ。礼を申すぞ」

そしてぺこりと頭を下げる。

「しすたーのエリーにもよろしゅうな。ようけ話もできひんでかんにんえと。あと神父様にも、初仕事うまくいったと伝えてほしいの」

「任せてください」

「ほな、達者での」

「はい。お元気で」

鬼姫は柵の門に歩き出す。

「手ぐらい振ってくれよ――――!」

やかましいやつじゃと苦笑いして、鬼姫は振り向きもせず手を挙げて後ろに向かってヒラヒラさせた。

てくてくと街道を歩く。

西の最端の村が起点なのだから、この国でもまだまだ田舎の地方である。

裕福な貴族商人が旅をするような場所でもなく、それを狙う野盗強盗、山賊のたぐいも見当たらない、まだ安全で快適な旅と言えた。

しばらく行くと、道が二手に分かれている。一方は正面に。一方は横に折れて大きく回り込むように。

正面の道を行ったほうが近道で、次の町に早く着きそうな気がするが、草がぼうぼうに伸びて整備されておらず、使われなくなって久しい道であることがうかがえた。

正面はなだらかな丘になっており、先が見えない。この丘を越えていく道が大変なので、平らな新街道ができたのかもしれないと思い、わざわざ廃道を行くよりはましかと横道に歩き出そうとしたとき。

馬の蹄の音がして、丘を見上げる。

ひひーん、ぶるるるるっ。

丘の上に馬を止めた単騎の男の姿が遠目に見えた。真っ黒な馬、真っ黒な甲冑、真っ黒なマント。黒い兜。鬼姫も足を止めてそのまま丘の上の男を見上げた。距離が遠いので、お互い何をどうするというわけでもない。

しばらくして、男は、手綱を取って馬を返し、丘の向こうに消えていった。

「霊気か……」

歩き出した鬼姫は、「町で事情でも聞いてみるかの」とつぶやいた。


次の町の飯屋に入り、昼食を取る。

「ああ、あそこには昔、村があったんだよ」

そして店のおばちゃんの話は続く。

「悪い領主がいてねえ、村民を虐げてやりたい放題してたのさ」

「はー……。そらあかんのう」

「村民はとうとう頭にきて、反乱を起こして領主の首を斬ったのさ」

「一揆かの。まあ自業自得じゃのう……」

まあ、日本でもあったことである。そうはなっても、すぐ他藩の武将がしゃしゃり出てきて鎮圧されてしまうのだが。もちろんそうなれば一揆の起きた領地は幕府により無能領主とされてすぐに廃藩、お家の取り潰しがされて藩主が代わったものである。

「ところがさ、次の日にはなぜか領主が復活してさ、村民に復讐しようとして暴れ出して」

なんか話が急に斜め上に変わってきた。

「結局村民はみんな逃げ出して、村は廃墟になったよ……。蘇った領主は一人で村をまだウロウロしてるみたいだけどさ、百年も昔の話だし今はどうなっているのやらだよ。この町にもその村の子孫がいっぱいいるはずさ」

「ほー……」

昼食の代金を払いながら今夜泊まるところがないか聞いてみる。

「うちは宿屋だよ。うちに泊まっていきな」

「そうさせてもらうの。うちはハンターなのだがの」

ハンターカードを見せる。

「こちらの町でハンターの仕事はどこで請け負っておるのかのう」

「表通りに酒場があるからそちらで聞きな。ギルドの出張所を兼任していて、受付もやってるから」

「おおきに」

「あんた女の子なのにハンターなんてびっくりだよ！」

おばちゃんはちょっと驚いていた。

「その頭のツノなに？」

「生まれつきじゃ」


宿賃を払って部屋につづらを置き、日が明るいうちに酒場を訪れる。

どうやら掲示板にハンター仕事の依頼が張り付けてあるようだが、この村での仕事はなく、遠くの町での人手募集ばかりだった。長いこと張り付けられたままの求人票、といった感じである。

「店主、聞きたいことがあるの」

ハンターカードを見せてカウンターに座る。

「ほう、女のハンターとは珍しい。なんでもどうぞ。一杯やってもらってからになるけど」

カウンターの向こうで中年の男が対応する。

「そやなあお神酒（みき）になるような……いや、亡者かの。こちらのお国で、墓前に供えるような酒があれば一本瓶でいただきたいのう」

「ねえちゃん外国人かい。たしかにその黒髪も、頭のツノも珍しい」

角（つの）を「外国人」で済ますのはどうかと思うが、大して気にしないでくれているならありがたい。

振り返って棚から一本酒を降ろしてくれる。

「だったらこれだ。ウイスキー！　安物で良ければ銀貨三枚」

そっけないラベルが貼られた黄金色の酒が出てきた。

銀貨三枚を払う。

「隣の廃村のことなんじゃが……」

「あー、あのデュラハン村ね」

「でらはん？」

「首なし男。首がないアンデッドだね。切り落とされた首を自分の腕で持っているな。首をなくしたやつが自分の首を探し回ってるって昔話もある。死んでも死にきれず悪霊になった……とでも言えばいいかな。そいつがウロウロしてるらしい」

「ウロウロされとったら迷惑ちゃうか？　討伐依頼とかは出ておらんのかの？」

「百年も昔のことだしねえ。数年に一度ぐらいあんたみたいに通りがかった旅人がその姿を見ることもあるようだが、別に襲ってくるわけでもなし。廃墟になった村を通り抜けるのも気味悪いし、新道ができてから見た人もいないないし」

「ほー……」

「……って、ねえちゃん、もしかしたら見たのかい？」

「見た」

「十年ぶりだよ！　見たって人は！　どんなだった⁉」

店主が少し興奮する。

「別に……。遠目に見ただけじゃ。馬に乗っとったの。真っ黒じゃったな。だが首はついとった。兜をかぶっておった」

「噂とちと違うなあ……。でも首がなくて頭を自分で抱えているところを見たやつのほうが多いんだ」

「それ、ろくろ首やないかのう……」

「ロクロ首？」

店主が聞いたことないという顔をする。まあ当然だろうか。

「首が蛇のようにどこまでも伸びる妖怪じゃ。人のふりをして紛れ込み屋敷で夜に首を伸ばして行燈(あんどん)の油を舐める。見つかると首を伸ばして蛇のように締め付けてくることもあるのう」

「デュラハンってのはなあ、もう首が切り落とされているんだよ」

「ろくろ首には首が抜けて飛び回るやつもおるんじゃ。飛頭蛮（ひとうばん）とも言う」

「デュラハンは頭、自分で持ってるがな」

「霊力が弱いんじゃろう。飛頭蛮の首は必ず霊的な見えない糸で体とつながっておって、それで自在に操っておるのだがの……」

「それってデュラハンより怖（こえ）ぇじゃねーか」

うーんと考え込む店主。

「だいたい悪霊なんてハンターの仕事じゃないし、そういうのは教会がやるんじゃないのか？」

「教会に頼んだほうがええのかの？」

「考えてみりゃ教会で除霊できるんなら百年も放っておかれないよな……」

鬼姫は店内を見回す。男たちが昼間から酒を飲んでいる。

「あれとおんなじ、硝子（ガラス）の酒杯、二つ、譲ってもらえぬかの？」

「……グラスだよ。んー、舐めるの油じゃなかったっけ？」

「話をするならまず酒じゃ」

「わかってるねえ姉ちゃん。やってくれるならタダでいいよ。もっていきな」

「おおきにありがとうの」

店主がウインクしてグラスを二つ、カウンターに置いてくれた。

それを受け取って、一度宿屋に戻る。

「仕事がでけた。夜に出るが朝には戻ってくるのでの、夜中まで寝かせてほしいの」

「はー、こんな町にもハンター仕事はあるんだねえ。がんばってきな！」

おばちゃんはニコニコ顔で床を用意してくれた。


深夜、目を覚ました鬼姫は、ランタンに火をつけ、酒瓶とグラスを風呂敷に包み手にぶら下げて町を出た。廃村への道を歩いて行く。

廃墟となり荒廃した村の一番大きな屋敷。既に屋根も崩れて、煉瓦の壁だけが残っている。

「たのもう――――！」

もう倒れたドアの門をくぐって、屋敷跡に入る。

「よい月じゃ。一杯やらぬか！」

酒瓶を持ち上げて誘う。

がしゃん。がらがら。

奥の暗がりから、黒い甲冑が歩み寄ってきた。

「座れ座れ、ほれ、見上げてみい。満月じゃ」

鬼姫も埃だらけの床に胡坐をかいて座って笑ってやると、その甲冑も、鬼姫の前に座った。

「ま、ま、ま、まずは一杯」

グラスを二つ置いて、ウイスキーの栓を抜き、注ぐ。

「ぐーっといけ」

黒甲冑、兜を両手で持って、外す。外しても何もない、首なしだった。

片手で兜を小脇に抱え、グラスを手に取って、あおる。首がないので黒の甲冑に酒がかかり、濡れた。鬼姫もグラスの酒を一気にあおる。

「ぷはっ！　なんやこれ！　めっちゃ強いの！」

日本酒と違って蒸留した麦芽酒。鬼姫にはめちゃめちゃ強い酒であった。

無言の黒甲冑を見て言う。

「贅沢言わんといて。うちにそんな高い酒買えるわけあらへん」

黒甲冑、無言。

「……まあもう一杯いけ」

注がれたグラスをあおり、また酒を甲冑にぶっかける黒甲冑。鬼姫もぐいぐい行く。

「おぬしなんでこの世に無念がある？」

……。

…………。

…………。

「悪い男もおったものよの。で、お家を乗っ取られてどうしはったん？」

グラスに酒を注いで、続きを聞く。

……。

「なら本懐は遂げたではないかの」

「……。」

「そないたいそなことかのう……おぬし悪者のふりをせんでもよいではないか」

「……。」

「もう終わったであろう。百年経ったのだぞ？　おぬしを知っておる者はみなもう死によった。頃合いじゃと思わぬか」

「……。」

「うちは巫女じゃ。望むなら、お返ししたるがのう」

「……。」

身を改めて座り直し、前かがみに身を乗り出す黒甲冑。

「お、おう……。まあ、それも武士（もののふ）の矜持（きょうじ）かのう」

「……。」

「うちが相手する。それでよいかの？」

「……。」

「慌てるでない。酒がなくなってからでもええじゃろ。もう一杯いけ」

グラスに酒。

「だーかーらー、贅沢言うでない！」

さすがに酔いが回った鬼姫。自分のグラスの酒を黒甲冑にぶっかけた。

ススキの原。

途中で酔っ払って寝こけた鬼姫。デュラハンはなかなか紳士で、朝まで律儀に待ってくれた。無警戒でよだれを垂らして眠る鬼姫にあきれたか、なかなかの剛の者と苦笑したかはわからない。

鬼姫はたすき掛けで袖を縛り、刃渡りだけで二尺五寸、全長七尺五寸の大薙刀を小脇に抱えて迎え立つ。

「かつては斬馬刀とも呼ばれておった。三条宗近の岩融と伝わるものじゃ」

薙刀は戦国時代になり、騎馬より集団戦になって槍に取って代わられてからは使われなくなった古武具である。女性の武道と思われているかもしれないが、武蔵坊弁慶の得物として有名な通り騎兵の得物、あるいは騎兵への対抗手段として鎌倉時代まで武士の主力であった。ひゅんと振ると鋭い刃音が、首なし馬に騎乗した黒甲冑にまで届く。

酒呑童子を斬った鬼切丸が天満宮にあるように、いわくつきの刀が厄祓いのために神社、仏閣に奉納されることがある。この薙刀も紅葉神社の奉納品の一つだった。大切に今も祀られている物もあれば、後世偽物だとわかる場合もある。

銘が何者かなど鬼姫は気にしない。三条宗近と銘が刻んであっても、鬼姫が見れば鑢をかけて磨り上げ銘を潰し、宗近と刻み直した偽物だと茎を見ればすぐわかる。

だが銘は偽っても、古刀時代の刀工が自らの名を入れた会心の出来であっただろうし、後世の者が宗近にもふさわしいと思った業物に違いないのだ。それはこの薙刀であまたの妖怪を倒してきた鬼姫が一番よく知っている。

首なしの黒甲冑は同じく２・５メートルの長槍を抱える。外した黒い兜は馬から横に投げ捨てた。馬上槍試合である。

「銘はなんであれ、うちが暴れてやればこれを打った刀工も使った武者も浮かばれる」

ひひーん。首なしの馬がいななく。

馬が突っ込んでくる。正確に、ランスが鬼姫を突き刺そうとしたとき、薙刀を翻し柄尻の石突からランスを摺り上げ、切っ先を逸らす。

「参れ！」

くるりと一回転した鬼姫はそのまま横を通り過ぎる馬の脚を薙ぎ払った！

ひーんっ！　首なし馬が派手に転倒し、ひっくりかえる。

甲冑の男は身を丸めて共に転がり、腰の剣を抜刀しながら起き上がろうとしたそのとき、鬼姫の薙刀が何もない空虚な男の首があった場所を、横薙ぎに打ち払った。

……ばたり。

甲冑は倒れ、崩れ落ち、バラバラになった。

「……鎧の中身は空っぽ。兜も見せかけ。見えない首がついておったちゅうことになるのかのう」

首のない馬は、主人の後を追うように、やがて白骨に姿を変えた。

リーン。

鈴の音と共に、ススキの原に鬼姫の祝詞が響く。

民を守り、本懐を遂げた武者
その罪背負い身代わりとなりし者
屍知れずとも無念晴れ
その魂、鬼が見届けたり
逝く先を　神に任せて帰る霊
道暗からぬ　黄泉津根の国

リーン。


屋敷の奥の部屋。床板を外すと、壺が隠されていた。

中を開くと、金貨、銀貨に少しの宝石が入っている。

「遺言の古銭じゃの。ありがたく頂戴いたす」

静かに礼をし、かわりに、男が使っていた黒兜を納め、鎮亡者符を貼って床板を元に戻しておいた。この兜を討伐証明としても得るものは何もない。だったら、静かに眠らせてやったほうがいいではないか。

宿に戻って二度寝した鬼姫が目を覚ましたときは、翌日。もう日が高く昇っていた。

「おつむが痛い……」

ちょっとふらふらしながら東へ発つ鬼姫はぼやく。

「二日酔いじゃ。もう二度とあの酒は飲まんわ！」


夕刻の街道の宿場町。目の前には大きな川がある。

「もう船は出てないよ。明日にしてくれ」

渡し船の船着き場はもう仕事は終わっていた。仕方なしと宿屋街に戻る鬼姫。しばらく宿をとっていなかったし、湯にも入りたかったしまともな飯も食いたかったので、一休みということで良さそうな宿をとる。

宿屋の主人は、「橋が大嵐で流されちゃってねえ、なにしろ大きな川だから大掛かりな橋になるもんで、再建のめども立ってなくてね」と申し訳なさそうに鬼姫を迎える。

「地元の漁師たちが渡し船を出してくれているが、本業の漁もあるし、一日に出せる船には限りがある。ま、申し訳ないが一晩泊まって、明日にしてくれるとありがたい。言っちゃなんだが私らみたいな田舎の宿屋には儲けにもなるしね」

正直に笑うところは下心もなく、鬼姫も笑う。

「越すに越されぬ大井川じゃの。橋がかかっておったときはどうしておったんじゃ？」

江戸を守るため駿府（静岡）の大井川は、軍事的な防衛線であるので橋を架けることも船を浮かべることも幕府により禁止されていた。そのため旅人は川越人夫に運んでもらったものである。川が大水になったときは商売も休み。その間、領岸の宿場町は賑わったと聞いている。

「オオイガワがどこの川かは知らないけど、橋を渡るときは領主が通行料を取ってたよ」

「それでは自分で勝手に渡る旅人もおったであろうの。うちもそうしたいところじゃ」

「おいおい、姉さんがそれやったら見物人が凄いことになるよ……」

鬼姫は泳げないわけではないし、やるとしたら力士のように頭に着物やつづらを載せて、ふんどし一丁……。ま、やれば実際そうなるだろうなとは思う。

「この川には旅人を襲う魔物もいる。一人で渡るのはおすすめしないねえ」

「河童かの？」

水の妖怪で真っ先に思いつくのはそれである。

「カッパってなんだい？」

「背に亀のような甲羅を背負い、おつむに皿と、嘴があるでっかい蛙のような妖怪じゃ。胡瓜畑を荒らしたり、川を渡ろうとする人の尻子玉を抜いたりして悪さもするのう」

「……尻子玉ってなんだよ……。玉袋かい。だったら姉さんは襲われないだろ。こっちの魔物は人魚じゃないかって言われてるね。実際に何人も襲われてるし、船頭たちにも恐れられてるよ」

「ふーむ」

「わざわざ危ないことをすることもないだろ。橋を再建するのも金がかかる。田舎の領民のなぐさみにもなる通行料なんだからそこは協力するつもりで素直に払ってほしいね。まあ今夜はうまい魚を出すから、それで勘弁して」

「湯も用意してくれるとありがたいのう」

「風呂なんてないねえ」

「身を清めるのも巫女の勤めの一つでの」

「綺麗好きなんだねえ。いいよ。タライを貸すから、湯は桶（おけ）に汲んで自分の部屋まで運んでくれ。別料金だが……」

「頼むのじゃ」

その晩、うまい魚料理を食い、久々に温かな湯で体も洗えて鬼姫はぐっすりと眠ることができた。魚料理はうまかったが、醤油が夢に出てきて参った。


翌朝。また焼き魚の朝食を食べて礼を言い、宿を発った鬼姫は、ハンターギルド受付もしている酒場の掲示板で「渡し船を襲う魔物駆除」の依頼が領主から出ているのを確認した。報酬は書いていない。

魔物が出るのは渡し船を使えという商売文句ではなく、実際に害が出ているということになる。

グラスを磨いている酒場の店主がうさんくさそうに見てくるが、鬼姫は気にもせずに酒場を出た。

つづらを背負った鬼姫は川岸の船着き場に行く。既に何人かの旅人が小舟に乗って向こう岸まで渡っているようである。

「姉ちゃん、どうだい。銀貨三枚だよ！」

「こっちは二枚。安くしとくよ？」

「姉ちゃんそんなちっちゃい船やめてこっちにしときな！」

船頭たちの明るい声が響く。

「お嬢ちゃん、わしでよければ一枚でいいがの」

にこやかな好々爺が鬼姫に声をかけてきた。二人乗りの渡し船。竿で押し引きする小さな船だ。

「頼むかの」

「あーあーあー……」

一斉に周りの男たちからため息が漏れるが、鬼姫は男たちに頭を下げて礼をしてから、老船頭の船に乗り込んだ。


小舟は静かに川を進む。霧が出てきた。

「……この川には魔物が出るそうじゃの」

「へい。その通りで。だからやっぱり船で渡るのがお勧めですなあ」

老船頭はのんびりと返事をした。

鬼姫はつづらから紐を出して背に回し、たすきに掛けて袖をまくる。

「どんな魔物かの？」

たすきの結び目をきゅっと縛り上げる。

「人魚でさあ。女の人魚は男を誘うために見た目は大変な美女で、歌を歌い、男どもを虜（とりこ）にする
……」

「男の人魚は？」

「緑の歯、緑の髪。鼻も目も赤くて醜い、怖い顔をして、力ずくで水に引きずり込む悪い魔物でねえ……」

「おぬしのようにかの」

そのとき、船の横から水柱が上がり、凶悪な顔をした緑の体の魔物が、水かきのある手を伸ばして飛びかかってきた！

鬼姫は目にもとまらぬ抜き打ちで小太刀(こだち)を振るう。

その緑の体はざっぱーんと小舟の反対側に飛び込んで落ちたが、ごとっと首だけが船底(ふなぞこ)に転がった。

「お前！」

老船頭が緑の歯をむき出し、竿で殴りかかってきたが、鬼姫はその竿を片手で掴み、返す小太刀で船頭の首をも落とす。

ごとり。老船頭の体は傾き、船から転がり落ちて水しぶきを上げる。

船の周りには川面(かわも)に血がゆったりと漂い、広がっていった。

小太刀は定寸(70センチ)の刀と、脇差(50センチ)の中間である二尺(60センチ)の刃渡りの刀である。実戦で使われる刀ではないが、子供用としての役割もあった。鬼姫がまだ小さかったときに使っていたものを、狭い場所で振るうためにそのまま今でも使っている。子供に与える程度のものだから名刀なわけはなく定寸磨り上げの無銘であるが、愛着があったし、なにより抜き打ちが速いので気に入っていた。

鬼姫は川に刃を浸し血を洗ってから、手ぬぐいでよく拭き上げ鞘に納め、船の上でお清めの祝詞を捧げた……。

リーン、リーン。

鈴が鳴り、霧が晴れてきた川岸に竿を突きながら鬼姫の船が引き返してくる。

「ありゃ？　姉ちゃん、船頭のじじいはどうした？」

川越人夫の男たちが集まってきて不思議そうに聞いてくる。

「河童が化（ば）けとった」

「カッパ？」

「ほれ」

船底に転がる二つの首。どちらも、緑の顔、緑の歯、赤い目、赤い鼻の異形の首で船底は血まみれである。

「ぎゃあああああああ――――！」

男どもから情けない声が上がる。

「縄はあるかの？」

恐る恐る渡してきた男から縄を受け取り礼を言って、「この河童、皿が無いのう……」とかぶつくさ文句を言いながら二つの首をまるで西瓜（すいか）のように縛り上げ、一度川に放り込んでゆすぎ、血を洗ってから鬼姫は船を降り、それをぶら下げながら宿場町を歩く。

なぜかぞろぞろと男たちがついてくる。

酒場のドアを開け、「たのもう！」と声をかけるとカウンターの男がこっちを見た。

「おう、今朝の。どうした？」

「河童が獲れた。引き取ってもらいたいの」

「カッパ？」

「ほれ」

どすん。カウンターに縄に縛った二つの首を置く。

「ぎゃあああああああ――――！」

もちろん酒場に店主の絶叫が響き渡った。


結局鬼姫はその晩、宿場町に留め置かれた。宿の飯場には船頭の男たちが勝手に集まってきて、飲めや食えやでやんややんやの宴会である。

翌朝。ギルドの受けつけの酒場。

「いやー、まさか本当に人魚がいるとは思わなかった……。どうせただの水難事故だと思っていたよ。助かった。これで安全に渡し船を運用できる。私からも礼を申し上げたい」

宿場町の領主がわざわざ出向いて、雄の人魚の首を確認し報酬金を払ってくれた。鬼姫は金袋を受け取るが、どうせ旅のついでだと中身も見ない。

「あの、報酬金の一割は、ギルドに納めてもらえないと」

「今回おぬしはなんもやっておらぬであろう？」

「いや、カードに討伐証明書き込まないと。その手数料です」

酒場の店主兼、ギルドの出張所の男とのやり取りを見かねて、領主が「はっはっは！　それぐらい私が出すよ」と笑って、駄賃を払ってくれた。

「ええええ……。オーガ、マンティコラ？　姉ちゃんこんなもん獲ってきたのか！」

ハンターカードを受け取った店主が驚く。本当はこれに熊とデュラハンが加わるが、まあそれは言わない。

「本当なのかそれ！」

領主もびっくりだ。

「はい、これは偽造できないことになってましてね、本人以外が使えばすぐにバレるようにできてます。ホントだとしか……」

そう言って、カウンターの金庫から出してきたギルド特製のインクとペンで、「マーマン」とカードの裏に追記してくれる。メスの人魚はマーメイド、オスの人魚はマーマンと呼ばれるのだ。

「女性ハンターでこれは正直凄い。何者なんだい君」

驚くままの領主が店主からカードを受け取って眺め、鬼姫に手渡す。

「今は狩人ってことになるのかのう」

「君、うちで働かないかい。ぜひ雇いたい」

「東に行く用事があっての」

「その頭のツノなに？」

「生まれつきじゃ！」

　そして、鬼姫は大勢の男たちに手を振られ見送られ、賑わってきた他の旅人たちと一緒に乗り合い船にタダで乗せてもらって、川の東岸まで、何事もなく無事に送られた。

「良い男どもじゃったのう」と、真面目に働く男たちに、いい気持ちだった。

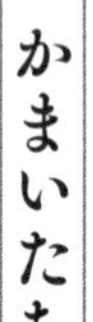

かまいたち

次の……市の規模を持つ大きな城塞町、ラルド。その町全体を取り囲んだ土塁に鬼姫は驚いた。

「町全体が曲輪に囲まれておるんじゃのう。すごいのう……」

これだけの土木工事、大変であっただろうと思う。だが、到着したのはもう深夜であった。

仕方なしと、土塁の一角に立てられた大きな門の前で寝ることも考えたが、かがり火が焚かれているところから誰か起きていると思われ、一応声をかけてみることにした。

「たのもうー！」

……。

「たのもうー！」

「……なんだ？」

大門の高い木窓が開いて男が顔を出した。兜をかぶって南蛮甲冑を着ているから門番であろう。

「夜分の推参、誠に申し訳ない。旅の者じゃ。入領を受け付けていただきたいが、夜分ゆえかなわぬのなら門前で寝るのを許していただきたいの」

「おいおい、いくらなんでも女一人、こんな夜中に門前で寝かせておくほど俺は薄情じゃねーよ。ちょっと待ってな」

木窓が閉じて、しばらくして大門の横のくぐり戸が開けられた。

「そんなところで寝てたら野獣に食われちまう。さ、入んな」

「おおきにの」

そして鬼姫はくぐり戸の中、大門の小部屋に案内された。

「明日までここの部屋使っていい。受付が済むまでの待合所だ。悪いがカギをかけておくからまだ街の側のドアは明日の朝まで立ち入り禁止だ。ここはラルドって町で、入領は明日になるが身元は聞かせてもらおうかな。姉ちゃんなんで旅してる？」

「うちはハンターじゃ」

ハンターカードを出して見せる。カードをくれた白髪の隻眼男のギルドマスターはこれでどこでも通れると言っていた。

「……本物だな。女のハンターってのも珍しい」

門番は裏も見ずすぐにカードを返してくれた。

「通れるかの？」

「通れる通れる。どこの町でもハンターは人手不足さ。腕があるならすぐにどっかのパーティーからお呼びがかかるだろ。でも街に入るのは明るくなってからにしたほうがいいな。木の長椅子ぐらいしかここにはないが、朝までここで休んでくれ。悪いけど」

「夜に街に入るのはやはりだめかの。まだやっとる宿屋もあると思うがの」

「ダメだダメだ！　今、街に切り裂き魔が出てるんだよ！」

男の顔が怖くなった。切り裂き魔とは聞き捨てならない。

「なんじゃその切り裂き魔って」

「夜中にな、立て続けに娼婦が惨殺されてんだ。鋭いナイフみたいなやつで、喉を切られ、腹を裂かれ、切り刻まれて……。そんな被害がもう六件も発生してる。姉ちゃんも危ない。夜に街に入れるわけにはいかないねえ」

　娼婦と言うのはこちらで言う遊女であるというのは鬼姫も理解している。

「辻斬りかのう？」

「つじぎり？」

「武人ちゅうやつは戦（いくさ）がないと腕を持て余すもんじゃ。世が平和で人を斬ったことがない者も増える。そうすると腕試しに無辜（むこ）の民を切り捨てる不届き者も現れる。切り捨て御免と、高位のお家には罪に問われない者もおるから、そんな阿呆をやるのはボンボンが多いがの」

　もちろん当時でも辻斬りは重罪で厳しく取り調べられ不当であれば罰せられた。

「剣士騎士のたぐいだったら剣を使うだろう。それにそんなやつは女なんて狙わない。使われたのはナイフなんだよ。それもめちゃめちゃ切れ味がいいやつらしい」

「うーん、まるで鎌鼬（かまいたち）じゃの」

「カマイタチ？」

「飯綱（いづな）とも言う。目に見えぬほどの速さで動く妖怪じゃの。風のように通り抜け、鎌のような鋭い爪でいきなり体をスパッと斬って逃げてゆく。切れ味が凄すぎて血があんまり出ないというぐらいの手練（てだ）れでのう」

「そんな魔物聞いたこともない。それにやられた女は内臓を切り取られて持ち出された例も三つもある。犯人は医者じゃないかとか、人食い魔物っていうやつも、いるぐらいさ……」

確かに異常である。

「狙われるのは娼婦だけなのかの？」

「娼婦だけだ。今のところはだが」

「ふーむ……娼婦に強い恨みを持つものなのかのう……。こっぴどく振られた殿御には遊女に恨みを募らす者もおるからのう……」

色街の遊女は、客が遊女を選べたが、遊女も客を選べた。無粋な客は追い出されることもあったと聞く。

「やっぱりハンターなんだな姉ちゃん。カードもう一度見せてくれ」

カードを渡す。門番はそれを裏返して驚愕した。

「オーガ、マンティコラ、マーマン！　えええ！　ほんとかいコレ！」

「んー信じる信じないはそっちの勝手じゃがの」

「……とてもそうは見えん。女にしては大柄だし、こんな夜道を一人で歩いてくるなんてただモンじゃないとは思ったが……」

門番は上から下までしげしげと鬼姫を見る。

「そのツノなんだ？」

「生まれつきじゃ」

「……まあいいや。姉ちゃん、やる気ならやっぱり、今夜はここで泊まって、明日の朝にハンターギルドに行ったほうがいいな。そこで情報もらうのもいいし、仕事を引き受けるのもいいだろうさ」

そして、ランプ一つの暗い部屋で、木の長椅子に横になって鬼姫は朝までぐっすり眠った。

翌朝、門の業務が始まり、鬼姫は一番に通行を許され街に入った。昨日の門番に一礼し、旅のつづらを背負って城壁都市ラルドに入る。今までで一番大きな町で、煉瓦造り、漆喰塗りの建物が並ぶ市である。

門の近くには子供たちがいて、「ラルドの案内はいらんかねー、ラルドの案内はいらんかねー」と声を上げていた。子供たちも労働しているのは別に珍しくもない。こうして見知らぬ街に来た客相手に道案内を生業(なりわい)にしている子供もいるということだろう。鬼姫も初めて来た街であるし、そういう商売があるなら頼んでもいいかと思った。

「ハンターギルドまで頼めるかのう！」

そう子供たちに声をかけるとうわーっと集まってきて取り囲まれた。

「これ、触るな！　そこのわっぱ金袋をぱちるでない！」

どうやって盗んだのか、鬼姫の懐にあった小銭袋をつかんだ小さい手を持ち上げ、その男の子からもぎ取って体を放り投げた。

「ぎゃ――――！」

転がる男の子。すり、かっぱらいも兼ねているのだからたちが悪いというものである。

「ごめんよ姉ちゃん。俺たちゃあんなんじゃなくて、ちゃんと案内してるからさ、雇ってよ」

まともそうな子供たちもいて、しょぼんとして申し訳なさそうに鬼姫を見る。

「んー、じゃそこの子、頼めるかの？」

後ろのほうでもじもじしていた小柄の、帽子をかぶってうつむいている子供に声をかけた。

「あっはい」

「ちぇ」

そして子供たちは散らばって、次の客を探しに行った。

「よろしゅうお頼申します」

そう言って、小銭袋から銀貨四枚を出して、そのおどおどしている子供に渡した。

「す、凄……。こんなに」

大人が一日働いてもらえるこの世界の最低賃金……といったところか。

「そのかわり日が暮れるまでほうぼうの案内、頼めるかのう」

「はい！」

元気が出てきた子供、鬼姫の前を歩き出す。

案内の子はこのまま全力ダッシュで逃げ切る手もあるだろうが、それはやらない。真面目にこの仕事するつもりがあるようだ。鬼姫は真面目な働き者が好きだった。

「まずはハンターギルドですね」

「そうじゃ」

「お姉さんハンターなんですか？」

「そうじゃの」

「へー、凄い！　カッコいい――――！」

子供の顔が輝く。

「女でもハンターになれるんだ！」

「おぬしもおなごであろう？」

「あ、ばれちゃった……。はい、実はそうでして」

男の子たちに混じって働いていた女の子であった。貧民層の子であることは見ればわかる。もちろんそのことに気づいて、鬼姫はこの子に頼んだのである。

表通り、噴水広場、商店街、市場。町の規模が大きすぎて目が回りそうだ。

「実はうちは朝飯がまだなんじゃ。よい飯屋に案内してくれるかの？」

「はいっ！　それならこっちです！」

レストラン街。

「何がお好みですか？」

「久々にうどんが食べたいのー」

「うどん？」

「こう、小麦を細長ーく切って、茹でて……」

「だったらパスタ店がいいですね」

そうして連れていかれたのはスパゲティ店だった。

子供は律儀に店の外で待とうとする。

「ほれ、おぬしも入れ」

「え……」

「おもて（おごって）やるわの。飯は一緒に食うたほうがうまい。遠慮はいらぬ」

「は、はい」

小さいテーブルの対面にその子を座らせ、メニューを見て二人、てんやわんやしてボーイに注文し、料理が運ばれてきた。

「なんじゃこりゃ……。皿うどんかの」

「おいしいですよ。トマトと貝のスープスパゲティです」

「ほないただきます」

「……天にましますレミテス様、今日の糧（かて）を感謝いたします……」

鬼姫はスパゲティに手を合わせ。女の子は手を握り合わせ、それぞれの神に祈る。

「これはうまいのう！」

「お、お姉さん！　その、スパゲティはずるずる音を立ててすすったらダメですよ！」

「ダメなのかの？」

「ダメです！　こうして、フォークに巻き付けて……」

「郷に入っては郷に従えじゃのう……」

鬼姫がスパゲティに四苦八苦している前で、女の子は一口、二口、スパゲティを食べ。

……そして、ほろりと涙を流した。ぐずぐずと泣き、嗚咽を漏らし、スパゲティを食べ続ける。

その間、鬼姫は何にも聞かず、何も言わず、知らん顔してやっていた。

「足りんのう。もう一皿二皿頼んでみるかの。おぬしもたんと食うのじゃ。今日の仕事はまだまだ続くでの」

女の子は涙でぐしゃぐしゃの顔で、にっこり笑って、ボーイを呼ぶためテーブルの上のベルをちりりんと鳴らした。


「こちらがハンターギルドです」

大きな石造りの立派な建物だが、出入りしている男たちの見た目が悪すぎた。

「あの、あまり評判がいいところではなくて、その、怖い人が多いです。普通の女の人は近寄らない場所なんで……」

「さよかの、ではおぬしは表で待っておれ」

「はい」

「そういえばおぬし、名は何という？　うちは鬼姫じゃ」

「ニーナです。オニヒメさん」

「少し待たすぞ。ニーナ」

　ニーナはささささっと駆け出し、表向かいの軒下の柱に隠れて様子をうかがう。

　鬼姫は堂々と正面から、「たのもうー！」と声をかけ入っていったが……。

　数分後、どやどやと武器や軽鎧で固めたガラの悪い男たちが次々と入口から出てきて、その後から出てきた鬼姫を取り囲んだ。

「てめ――――！　舐めんじゃねえぞこのクソアマ！」

　何をどうしたらそうなるのか、男どもはいきり立って鬼姫をにらみつける。既に抜刀している男もいた。

「四の五の言わずさっさとかかってくるがええわ。この玉なしのあかんたれども」

「ぶっ殺してやる――――！」

　一番危なそうな男が斬りかかってきたが、鬼姫は袖口から十手を出し、その刃を受け止めた！

　十手。その昔、同心や目明しといった警察組織が使っていた捕物具である。

　犯罪者をその場で斬ることが許されなかった無刀の目明しは、これを振るってちんぴらを取り押さえたものである。鬼姫が古都の暴れ者をいつも取り押さえているうちに、褒美として何代かの古都守護職の何とかの安芸守とか言うお代官から預かったものだった。

　十手は同心のような、士族が使う公儀の火付け盗賊改めの身の証である。目明しのような身分のない者に十手を貸し与えることで、賊を捕縛する権限を与えていた、今でいう警察バッジということになる。

「十手を預かる身」であるのだから役目が終われば返すものだが、鬼姫はそういえば返すのを忘れていた。安芸守のほうが先に亡くなったので、うやむやになるのも仕方ないが。

刀と違い十手に銘が入っていることはまずないが、大ぶりの太刀もぎの鉤は角穴かしめ。鋼の棒心太く、一尺三寸。柄の周りや細工は全て真鍮の毛利拵えだ。きわめて頑丈で、身を証す飾りではなく実戦で使うことを想定した十手である。

刃をその十手の鉤で受け止めた鬼姫は剣をひねり上げ、その腕からもぎ取った。男は腕をねじ上げられ押し倒され、踏みつけられる。斬りかかってきた別の男を、自分の刀ではないのでまともに刃を打ち合わせて打ち上げ、諸刃の剣を横にして峰を胴に当ててぶっ叩く。

男、悶絶。狼狽し、数人同時に斬りかかってくる男たちをそのまま、十手と剣の二刀流で剣をまとめて数本受け、ガキッと交差させて噛みこませ、動けないようにしてから蹴り飛ばす。ぶっとんだ男は地面、柱、建物に身を打ち付け、倒れ、起き上がれなくなる。

あまりのことに剣を構えながら棒立ちになった男どもには正面までずんずん歩いて行って、いきなりその横っ面を殴りつける。これはただの暴力だと言われても仕方ないが、それぐらい鬼姫も腹を立てていた。斬りかかってきた男は奪った剣の峰で殴る。

見物人に取り囲まれ、大騒ぎになったが、もう立っている男はいなかった。

鬼姫が奪った剣を宙に投げ、十手を振るって叩き折ると、騒ぎに集まった見物人から拍手と歓声が沸いた。

遠慮なく打ち合ったなまくら刀は、知らず傷が入り、いざというとき折れることがある。十手で叩いたぐらいで折れるならもう使わないほうが良い。鬼姫にしてみれば無茶な使い方をしたこの剣を折っておくことは、叩き伏せたハンターどもへのせめてもの親切であった。

「す……凄いぃぃぃ！」

案内のニーナも、柱から身を乗り出して拍手した。

ハンターギルドの入口からその様子を見ていた、ちょっとくたびれた中年男が出てきた。止める間もなかったという感じである。

「……すまなかった。馬鹿どもが失礼した。オーガもマンティコラも確かにあんたが倒したと認めるよ。入ってくれ」

鬼姫も振り返って、笑ってから、ニーナをちょいちょいと手招きした。


「その子なんだ？」

「門で案内を頼んだの」

「金袋をスられなかったか？」

「そんなことはあらへん。真面目に仕事をする頼りになる良い子じゃの」

笑って案内の子の頭をなでると、その子も鬼姫を見上げて笑った。

「……まあいい、カードもう一度見せてくれ」

カウンターに座った男はギルドマスターらしい。鬼姫も思ったがかなり強いと見える。あの荒くれどもをまとめ上げているだけのことはある。

「うーん、本物だ。偽造じゃねえ。大したもんだ。ソロで倒したわけだな」

「あいつらも言っとったが、別にぱーてーの一員でおこぼれで倒したんとちゃうからの」

「ああ、だったら魔物の名の後に点が打ってあるはずだ。俺は見れば姉ちゃんがかなりの腕だとわかるんだが、あいつらはホントしょーもねえ……」

いまさらながらカードにそんな見分けがあったのかと思う。

掲示板を見る。

「例の切り裂き魔、お尋ねがかかっておるのかの?」

「そうだ。賞金は金貨五枚」

「安うないかの?」

「斬られているのが娼婦、売春婦のたぐいだからな」

「そんなおなご、なんぼ斬られても知ったこっちゃないと」

「……まあスポンサーの領主はその程度にしか考えてねえってこった」

「殿御も世話になっとるはずではないかの。おなごを守てやろういう気概のある殿御はおらんのかの」

「すまん、そんなやついないんだよなあ……。さっきの通り」

ギルドマスターは肩をすくめる。まだまだ女性の地位が低かった。

「俺も毎晩見回っている。おかげで寝不足だが、やけに用心深いやつでろくに手掛かりもない。どうしたもんかと困っている……」

「得物は短刀。体を切り刻み臓の腑を持ち去ると」

「そうだ。手練れの人間がやったとしか思えん」

「妖怪、魔物とはちゃうと」

「斬り口が鮮やかすぎる。まるで医者の手術だ」

かまいたちのたぐいも、その切り口はあまり血が出ないぐらい鋭いものだったが、かまいたちは人は殺さないし、食わない。かまいたちは三匹いて、一匹目が人を転ばせ、二匹目が斬り、三匹目が薬を塗ると言う、凶悪なんだか親切なんだかわからない話も残る。

この世界の魔物はオーガのようにろくな武器が使えない、力ずくばかりだったし、魔物のたぐいが娼婦だけ襲うというのもおかしいのだ。

「おぬしではおびき出せないであろうのう」

「あんたは美人だし、いい女だしな」

「一応礼を言っとくかの……」

「でもそのツノなんだ？」

「生まれつきじゃ」

「とにかくやってくれるなら頼みたいが」

正式ではないが、仕事の依頼ということになるのだろう。

「おすすめの遊女屋があれば教えてもらいたいのう」

「？　まあ娼館ならこの通り奥のマダム・ネルの館がこの町一番ってところだが」

「物騒なところで商いをしとるのう」

「まあもちつもたれつだから」

なにかと荒くれ男とのトラブルも多そうな娼館街。ギルドが用心棒もやっているということになるか。

「事件が起こった場所の地図をもらえるかの」

「ああ、頼む」

そして男はこの近辺の地図を出し、ペンで六ケ所×をつけてくれた。


「私もこんなとこ、来たことないんですが……」

案内のニーナはそう言って、地図を見ながら路地裏の事件現場を回った。

切り刻まれていた死体が放置されていた場所となると、昼間であろうと薄気味悪い。石畳にまだ血のしみがあったりして背筋が凍る。

鬼姫は手をついて顔を近づけて、ふんすふんすと臭いを嗅ぐ。

「あ、あ、あの、なにやってるんです？」

「香（こう）を焚いた匂い」

「香水ですね。こちらの女性には必需品です」

「バラバラじゃの……。じゃが……」

うーむと考え込む鬼姫。

「……香木（こうぼく）とも白檀（びゃくだん）とも違う、麝香（じゃこう）のまがい、安い香じゃの」

「なんでわかるんです……」

そして、マダム・ネルの館に着いた。

「ここでお別れじゃ、ニーナ。お役目はばかりさん。達者で暮らせよ」

「……はい、あの、いろいろありがとうございました」

そしてその大きな娼館に入ろうとする鬼姫にニーナは声をかけた。

「あの、オニヒメさん、……娼婦になるの？」

「いやいやいや、さすがにそらやらん。ふりだけじゃ」

「娼婦になんかなっちゃダメ！」

「やらんて」

そして鬼姫はニーナの前に跪いて頭をなでる。

「のうニーナ、娼婦が悪いと思ってはあかんぞ？　誰もがお勤めはやりとうてやっておるわけではないんじゃ。やむにやまれずのほうが多いの。その者を嫌ったり、馬鹿にしてはあかん。どんな仕事であろうと、真面目にお勤めしておるのであればなんら恥ずかしいこととちゃうんじゃ」

「……うん」

「おぬしが娼婦になりたくないと思うなら、そらそれでええ。だから、自分のでけることをやり、精一杯生きよ。幸せであろうと、不幸であろうと、人は精一杯、がんばって生きれば、それでええんじゃ」

「……はい」

「ほなの」

ニーナは娼館に入っていった鬼姫を見送って、しばらくそこにたたずんでいたが、もう日が落ちそうになり、いつまでもそこにいてはダメだと思って駆け出した。


娼館のマダム、支配人のネルは娼婦たちを取りまとめる気のいいご婦人であった。かつては自身も高級娼婦から成り上がり、館を運営するまで上り詰めた傑物であったと言えよう。もちろん娼婦ばかりを狙った切り裂き魔に大いに腹を立てていたのは当然であり、鬼姫の話に乗ってきた。

「やっつけてくれるんだったら、どんな協力もするよ！　いや、ぜひやらせて！」

店自慢の美女、美少女たちに囲まれての大騒ぎ。昼間のハンターギルドの前で乱暴者をコテンパンにした話はもう伝わっていて、評判になっていたのだ。

店の娘たちにさんざんに飾り付けられる。

「うーん、こっちがいいかな」

「サイズが凄いよね」

「それにしても綺麗だわあ……。うらやましい」

色っぽいドレスを次々に着せ替えさせられ、マダムのため息も漏れる。

「あんた、うちで働いてくれれば間違いなしにナンバーワンも狙えるだろうに、惜しいねえ……」

「マダム、それはちょっと……」

「お化粧させて――――！」

「私もやりたい――――！」

「このツノなに？」

「ヒールはなににしよう」

「サイズぜんっぜん合わないよ。どうしようこれ」

いやそんなかかとの高い靴はお断りじゃと、これから異常者と戦うことになる鬼姫はさすがにそれは遠慮した。黒髪もくるくるとカールさせ、綺麗なアクセサリーで髪留めし、大きく背中の空いたナイトドレス。胸もこぼれそうでふとももに大きなスリットが入った大胆なデザインである。

それにしてもアクセサリーの髪留めはよかった。それをつけていると、頭から角が生えているのではなく、そういうアクセサリーの髪留めをつけている、というように見える。カチューシャってことになるだろうか。仕上げに香水を吹かれそうになったが、慌ててそれは断った。

そんなこんなで夜になり、鬼姫はかつ、かつ、かつと娼館街を闊歩する。

「まるで花魁道中じゃのう……」

あちこちから口笛が吹かれ、男どもが誘ってくる。それを一つ一つ、あしらいながら、路地裏をたまにのぞき込んだりして、娼館街を何度も往復する。

女たちに客が付き、娼館街の人通りも少なくなってきた。例の事件のせいで客足もいささか遠のいていることもある。鬼姫は娼婦たちの見様見真似で、スリットから太ももを露出させて腕を組んで一角にもたれかかって気だるげに立った。

「……見違えたよ」

昼間のギルドマスターが声をかけてきた。見回りらしく剣を帯びて平服である。

「他人のふりをしていてほしいの」

「悪い。さすがの俺もつい見ちゃうわそれ。頼んだぜ」

そう言い残してそそくさと立ち去る中年男。

ふーとため息して、また歩き出そうとした鬼姫に、声がかかった。

「あーら、素敵ね、お姉さん」

これまた色っぽいドレスをまとった美女が声をかけてくる。

鬼姫ほどではないが、女にしては背が高い。

「新顔かしら。見かけないわね」

「今まで表で客引きをしたことがなかったのでの」

鬼姫はちょっとバツが悪そうに、片眉を上げて微笑んだ。

「なんて名前？　どこのお店かしら、ちょっとお話ししたいわあ～」

美女が笑いかける。

「いいわよ。あなたはどちらの……」

手をつかまれた。引っ張られるままに路地裏へ。

「さて、どうするつもりじゃ」

声をかけて手を振り払った鬼姫。そこへ振り返った美女が駿速でナイフを斬りつける！

カキィン！

路地裏に刃鳴りがして、十手でナイフが受け止められた。

「やはりおぬしか。その香水」

「何者だお前！」

美女の表情が驚きに変わる。

「誰でもええわ！」

そして大きく開いたスリットから鬼姫の太ももが振り上げられ、物凄い馬鹿力で美女の股間が蹴り上げられた！

美女は路地の雨除けのひさしまで打ち上げられ、頭をぶつけて落ち、ナイフを転がして悶絶して白目を剥き、気絶した。

ぴゅい――――！

口に指をあてて口笛を吹く。

間もなく軽装に帯刀のギルドマスターの中年男が路地裏に駆け込んできた。

「おう、やったか！」

「こいつじゃ」

「こいつって……女じゃねーか」

美しく色っぽいドレスを着た女が倒れている。

「いや、こいつで間違いない。匂いがおんなじじゃ。それにうちに斬りかかってきたしのう」

「匂いってなんだよ……。ナイフか。刃渡りは遺体のものと一致するな。何者なんだこの女」

「女ちゃう。男じゃ」

「男⁉」

「女装した男じゃの」

「はあああ――――?!」

もうギルドマスター、大混乱である。

とにかくそのドレスの女？　男？　を捕紐で縛り上げる。

体を完全に無抵抗にし、抵抗すれば首が締まるという一見複雑に見えるが、まだ容疑者なので結び目はわずかに一か所のみであり、そこをほどけばはらりと解けるという早縄の捕縄術だ。士族ではない十手預かりの目明し程度では、容疑者を完全に拘束するほどの権限は無い。冤罪であった場合も考えて本縛りにはしないものだ。

「……姉ちゃん女王様でもやってたのか？」

色っぽいドレスの女が怪しい女装の男を縛り上げる。ちょっと見た目が危うかった。

「この国の女王様は捕物までやらされるのかの？　お役人はなにやっとるんじゃ」

「いや、そうではなく……。いや、いい。俺が運ぶよ」

ギルドマスターは縛られた男を肩に背負ってギルドまで戻る。牢に放り込んで、部下に見張りを言い渡してからカウンターに座った。

「身元が知れん。悪いが調べがつくまで、この町に滞在していてもらいたい」

「わかったのじゃ」

「衛兵隊と一緒にあいつの身元を調べて家探しもする。被害者から奪われたものがなにか見つかれば間違いなしってことになる。ちょっと時間がかかるんだよ」

「それでええの」

「賞金はその後だ……。金貨五枚。ここまでやってくれて申し訳ないが」

「金子が目当てちゃうからかまへん。この町のおなごを守てやるためにやったことじゃ」

「頭が下がるよ。ありがとう。助かった」


それから鬼姫はマダム・ネルの館に戻り、一部始終を報告した。

もちろん店は大騒ぎ。非番の娘たちも交えて豪華な夕食のお祝いになった。

「元通り着替えたいの」と言えば、総出で服を脱がせられ風呂に入れられ体を洗ってくれて髪も洗ってすいてくれてと、たっぷりともてなされた。

一番いい部屋をもらって香も焚かれ、大きなベッドにやっと眠れると横になれば、次から次へと娼婦たちがやってきておもてなしをしようとする。

「うちはおなごじゃて――！　そんな趣味はあらへんわ――――！」

「そんな、お姉さま、つれないわあ……」

「つられてたまるか」


やっと昼過ぎに起きてみれば、巫女の衣は洗濯されアイロンがけされてさっぱり。また大変豪華な朝食兼昼食でもてなされた。

「これ、私たちから謝礼よ。受け取って」

マダムは金貨五十枚に相当する白金貨の入った革袋を渡してくれた。

「変態男を一人成敗しただけじゃ」

「それでもよ。私たち娼婦を見下し手をかけるような男、絶対に許せないわ。今までだーれも動いてくれなかったのよ。本当に感謝してるわ」

ギルドの賞金は金貨五枚。それに比べれば大した儲けになった。ありがたくいただいておく。

「おおきにありがとうのう。重ねて図々しいと思うんじゃが、この髪留め、譲っていただきたいんじゃが。角のことを聞かれるのもたいがいおっくうでの」

「いいわ、あげるわそれ。安いもんよ！」

巫女装束に旅のつづらを背負い、昼の娼館から表に出た。

もう見送りはいなかった。それも娼婦たちの気遣いかと思う。

「さて、ではまたニーナを探すとするかの」

都市の西大門。今日もニーナは案内の客を探してそこにいた。

「また会ったのう。今日も案内、頼めるかの」

「はい！　喜んで！」

そして二人はあちこちを回り買い物をして、飲み食いして、その日の午後を遊び回った。

宿をとって別れると、夜になってギルドマスターの中年男が訪ねてきた。飯場で夕食を取っている鬼姫の前に座る。

「俺にはエール」

ボーイにそう頼んで、金袋を出してステーキ肉を豪快に食らう鬼姫の前に置く。

「わほっはのの」

「食ってから言え。いろいろわかった。この町の下っ端貴族の次男坊だった。衛兵と屋敷に踏み込んでみたら女の内臓が酒漬けにしてあって、血の付いた女の下着やらなんやら見るのも嫌なもんがぼろぼろ出てきたよ。いくら否定しても証拠はバッチリ。すぐに縛り首になるさ」

「ごっくん。うん、よかったの」

この程度の気持ち悪い話で食欲がなくなったりはしない鬼姫。

「礼だ。金貨五枚」

「ぎるどは報酬金の一割を取るのではなかったかの？」

「面倒かけた。魔物討伐じゃないし、オーガやマンティコラに比べりゃ悪人一人生け捕りにしたぐらいカードに裏書きするほどのことじゃない。安い駄賃で申し訳ないが全部受け取ってくれ」

「おおきにありがとう」

そのまま受け取って、鬼姫は袋を袖の下に仕舞う。

「なあ、オニヒメさん、もうしばらくこの町にいて、ハンター仕事やってくれないか？」

ギルドマスターがダメもとで頼み込む。

「あんなガラの悪い連中と一緒に仕事なんてしとうないわの」

「そりゃそうだ。しゃーないか。少しはハンターの手本になってくれりゃ、ありがたいと思ったんだが……」

エールの注がれたジョッキが運ばれてくる。

ギルマスはそれを一気に飲む。

「ま、俺のことは覚えといてくれ。俺はドーラートと言う」

「ずいぶんと間延びした名前じゃの」

「……けっこう気にしてんだからそこ突っ込まないで。ラルドのハンターギルドのマスター、ドーラート。覚えといてくれればいつか力になることもあるだろう」

「わかったのじゃ」

そう言って鬼姫は懐から出した帳面にどーらーと、と書き込む。

「お前、全く覚える気ねーだろ！」

「ばれたのじゃ」

二人、顔を見合わせて、ゲラゲラと大笑いした。

翌朝、東門から旅立つ。

驚くことに東門には世話になった案内人、ニーナがいた。

「おはようさん。場所変えかの？」

「いえ、西門に朝来てくれないからもう旅立つのかと思って、待ってました」

「かんにんえ。寝坊助で」

「いえ」

「ほんなら東口まで案内してもろうかの」

「もう目の前ですよ！」

「ええんじゃ」

鬼姫は銀貨四枚をニーナに渡し、門まで歩いた。

ニーナの頭をなでる。

「世話になったの。では、達者での」

「はい！」

ニーナの母は、娼婦だった。母のことは好きだった。優しい母だった。

母は病気になり、「娼婦にだけはならないで」と言って息を引き取った。

ニーナは一人で働くようになって、母が娼婦だったことを理解して、苦しんだこともある。

だが、鬼姫に言われてわかった。母は、精一杯生きて、自分を必死に育ててくれたのだと。

そのことに気づかせてくれた鬼姫に、頭を下げて、ニーナは鬼姫を見送った。

山越えである。

鬼姫はつづらを背負い、山道を登っていた。どうもさっきから街道を外れ、道に迷ったような気がして仕方がない。日が暮れてしまって、方角もわからなくなっていた。

「どんくさだったのう……。戻るのも面倒だし、今日は野宿にするかのう……」

そんなことをぶつぶつつぶやきながらも、足を止めない。

「それにこの妖気、ちと気になるしのう……」

方位陣を取り出して方角を測る。くるくると空中で回る紙片が一方向を指し示して止まる。

「やはりのう」

完全に日が落ちた暗闇。

鬼姫はつづらからランタンを取り出し、口から火を噴いて灯(あか)りをつける。

「この提灯も返すの忘れておったの」

最初の村で借りたランタンである。鬼姫は夜目が利くし、真っ暗でも歩くのに不自由はないが、何の灯りもなく夜道を歩く女というのも怪しすぎる。人に出会ってしまったときの言い訳みたいなものであった。

しばらく歩くと、灯りが見えた。近づくと、板張りの粗末な小屋である。

その家の前に、真夜中にもかかわらず老婆が立っていた。

「おや、旅の人かえ?」

そちらもランタンを下げ、にこにこと話しかけてくる老婆。先が曲がった杖を突き、黒いローブをはおり、三角の妙に尖った帽子をかぶっていた。

「道に迷ったようで道中難儀しておるんじゃ」

「若い娘が、それは大変でしょう……。良かったら泊まっていくかえ？　この山け道が険しい。明るくなってから行ったほうが良いと思いますな？」

誘ってくる。一見、にこやかで優しそうに。

「そらありがたいの。大して礼もできぬが、世話になるのじゃ！」

鬼姫は喜んでそう答えた。


「おばば殿は、外で何をしておったんじゃ？」

「月を眺め、星を占っておった。困りびとが来ると思ってな」

小さな小屋の中は、瓶詰めされた薬草、干してある動植物、獣の革や骨、角でぎっしりだった。臭いが酷い。

「腹はすいておらぬかえ？　なにか作ってあげようかえ？」

「いや結構。腹はすいておらぬのでのう」

「まあまあそう言わず」

ひどい臭いの冷めた椀を差し出してくる。

「失礼ながら」

「まあまあまあ……」

老婆はその臭い椀を、テーブルに置いた。

「娘さん、名前はなんと申すのかのう？」

「鬼姫じゃ。世話になるの」

「……おにひめなあ……。おにひめ……」

老婆はその名を聞いて、何か陣をびっしり書き込んだ紙の中央にさらさらと書いた。

「なんで名前を書くのかのう？」

「年を取ると、物事がなかなか覚えられなくてねえ」

老婆は、にたりと笑って、振り向いた。

「お嬢ちゃん、髪を一本、くれぬかね？」

「はい」

急に素直になった鬼姫は、髪を一本抜いて、渡す。部屋の中央には、大きな鍋が火にかけてある。老婆はその鍋に鬼姫の髪を放り込んだ。

「お嬢ちゃん、これを飲んでくれるかね？」

「はい」

先ほどテーブルに置かれた椀を、鬼姫はずびずびとすすり飲んだ。

「お嬢ちゃん、風呂に入っていかぬかね？」

「はい」

そして、鬼姫はその、人一人が入れる大鍋に服を脱いで、身を沈めた。

「若がえりの〜お、若がえりの〜お、若がえりの〜お」

老婆は大鍋を載せたかまどにどんどん薪をくべる。

薪は盛大に燃え上がり、湯はどんどん煮え立ってきた。

「若がえりの〜お」

湯あたりでとろんとした鬼姫が湯に沈み込んだところで鍋に蓋をする。

「若がえりの〜お、若がえりの〜お」

鍋はもうぐつぐつ煮立って、湯気を噴き出していた。

老婆は棚からいくつもの薬草の瓶を降ろし、それを鍋に入れようと蓋を開けた。

そのとき！　鍋から湯が噴出した！

「うぁあああちちちち！」

湯を浴びて老婆が土間を転がる。

「なんじゃあああああ！」

「鬼が山姥(やまんば)ごときにひっかかるかの！」

裸の鬼姫が一瞬で鍋から飛び出すと、ひゅるるると狭い小屋の中をめちゃめちゃに吹き飛ばしながら風が巻いた。

「何者じゃおぬし！」

老婆は鬼姫に杖をむけ、魔法を放った！

「厄返し！」

鬼姫の前に一瞬で五芒星の印が結ばれ、光る。老婆の放った魔法は、五芒星に防がれ、跳ね返った！

「ぎゃああああああ！」

ぷすぷすと焼ける老婆。焦げた臭いが狭い小屋に立ち込める。

五芒星は木、土、水、火、金の五大元素を方位陣にしたものである。木は土に勝り、土は水に勝り、水は火に勝り、火は金に勝り、金は木に勝る。全属性に防御を張る守護の陣であった。

鬼姫はこれを五本の指にそれぞれの元素を見立てて発動する。手のひらを広げて前に突き出すだけで印となるので発動が速かった。

行儀悪いことはなはだしいが、鬼姫は先ほどふるまわれた椀の汁を吐き出す。

「んむむむむ、げえええええ～～～～。ぺっぺっ、うええ、ひどい味じゃ。いったいなんの薬じゃ……」

「な、な、な……。なんで操りが効かぬ……」

息も絶え絶えの老婆、悔し気にのたうち回る。

「これかの」

そう言って拾い上げた先ほどの魔法陣紙には、驚くことに中央には名乗った「オニヒメ」ではなく、鬼姫の本名が書いてあった。偽名を見破られていたのである。

「名を偽っていたのではないのかあああ！」

「偽ったわ」

「なぜじゃあああ！」

「やかましい！」

鬼姫は目を吊り上げ、歯が尖った鬼の形相で土間に転がる老婆の首を踏みつけ、折った。

「……ふう」

山姥を倒した鬼姫は外にあった井戸から水を汲み、薬草で嫌な味がする口をすすいで、何度も井戸水をかぶって禊をして身を清めた。

「うう、さすがに寒いのう……」

山姥がどうやって鬼姫の真名を知ったのかは知らないが、鬼や妖怪は、陰陽師に真名を知られるとそのことを畏れ、式神として使役されるようになるという話がある。そうした操りごとの一種なのだろう。鬼姫には安倍の何とかの子孫とかいうクソガキがそうして式神を使役していた覚えがあった。鬼姫さえも使役しようとかかってきたことがある。まあお互い子供だったのでただの喧嘩にしかならなかったが。

鬼姫は物心ついたときには、もう天涯孤独の身。紅葉神社に引き取られたときに宮司に与えられた名前さえ、本名ではなかった。鬼子になる前、本当の親がつけてくれた真名は、もう鬼姫自身にもわからない……。

楓。

今日からお前は楓だよ。それが鬼姫が紅葉神社の宮司につけてもらった名だった。

妖怪。それは生き物とは少し違う。人、獣、あるいは神が化けたもの。

鬼姫は孤児だった。おそらく親に捨てられたか、村が野盗、落ち武者に襲われたか、乱心者にかどわかされたか、ろくな生まれではなかったためにその怨念が鬼姫を鬼に化けさせた。

だが鬼姫は物心つく前に神社に預けられ、人に育てられた。だから人として成長することができたのだろうと思う。もう今の鬼姫は人を恨むことがなかった。

かえで……。

久しく呼ばれたことのない名前であった。

魔女はよくそれを見破ったと思う。魔女のように名前を奪う妖術がこの世界にあるとわかった以上、名前には用心したほうがいいだろう。今は誰にでも鬼姫と名乗っているが、この先も真名は明かさないほうがいいと思った。

巫女装束を着て旅の身なりを整えていると、山のすそ野の道をたどって、いくつもの松明が見えた。どんどん山を登ってくる。

その物言わぬ十数人の男たちが鬼姫の姿を松明に照らしてぎょっとした。

全員、手に手に、剣や棒、鉈につるはしに槌と、武器になるものを構えている。

「お、お、お、お前誰だ！」

「旅の者じゃ。ハンターをしておる」

「ハンターだと？」

「ほれ」

　ハンターカードを出す。そうすると、恐る恐るランタンを下げた初老の男が前に出てきてそれを見た。

「……ハンターだ。女のハンターなんて珍しいな。なんでここにいる？」

「山姥がおってのう、退治しておったんじゃ」

「ヤマンバ？　魔女だろ？」

「こちらでは魔女と言うのかの」

　男はカードを返してくれた。

「魔女を見なかったか？」

「中で死んでおる」

「倒したのか⁉︎」

「なりゆきでそうなったが、まあそうなるのう……」

　小屋の中を男たちが探るが、みな飛び出してきてその異様な臭気にげーと汚物を吐き出した。

「うげげげげ……、た、確かに。と、とにかく倒してくれてありがたかった……。礼を言う」

「あの者、下の集落になんぞ悪さでもしておったかの？　そもそもおぬしら何者じゃ？」

「魔女狩りだ。俺たちは下の村の住人さ。俺は村長。山に魔女に住み着かれちまって、山に仕掛けた罠の獲物はかすめ取られ、収穫する前に作物は盗まれ、若い女はみんな魔女を恐れて村を出ていっちまうし、さんざんな目に遭ってたよ。今夜こそは討伐してやろうと決起したんだが、あんたに先を越されちまったな」

しょぼい。実にしょっぱい。殺すほどのことかと鬼姫は正直思った。

「そんなしょうもないことでこないに徒党を組んで殺しに来よったのかの？」

「出て行けと言いに行った男どもは、何人も強力な魔法で返り討ちになって殺されたんでね」

「……ほんならしゃあないのう」

「あんただってあいつを殺しただろうが」

どの口が言うという感じで村長が怒る。

「若がえりの術をやるつもりでうちを食おうとしたんでの、致し方あるまい」

「あー……。なるほど……」

村長は若い娘の鬼姫を上から下まで十分に眺め回した上で、納得したようにうなずいた。

「この小屋、火をつけて燃やしていいか？」と村長が聞く。

「山火事にならぬように火の始末をちゃんとするんじゃぞ」

「すまんな」

鬼姫が小屋に何の執着も見せずにあっさりと火付けを許したので、これで村長と村民は完全に鬼姫を信用することとなった。魔女か、魔女の一味だったら、価値があるものがいっぱいあるはずの小屋を焼き払うことなど、許すわけがない。

男どもが松明を持って小屋のあちこちに火をつける。小屋はたちまち燃え上がった。

「……なにする気だ？」

「お清めじゃ。もう魔女が復活したりせんようにの」

リーン、リーン。
鈴が鳴らされ、鬼姫の祝詞が静かに響き渡る。

　掛けまくも畏き
　伊邪那岐の大神
　筑紫の日向の橘の
　小門の阿波岐原に
　禊ぎ祓へ給ひし時に
　生りませる祓戸の大神たち

　赤々と燃え上がる小屋の前で祓串を振る鬼姫に、村の男たちはいったい何をやっているのかと理解ができずに戸惑った。

　諸々の禍事、罪、穢、有らむをば
　祓え給い
　清め給へと白す事を
　聞こし食せと
　恐み恐みも白す

静かに頭を垂れ、鈴を鳴らす。

リーン、リーン、リーン。

炎に照らされるそのシルエットは、荘厳で、美しい。

村の男たちは、文句も言わず、それを静かに見守った。


「えーと、どこだったかな……」

招き入れられた村長の家で、村長が家探ししている。

その間、鬼姫はお茶をふるまわれて、テーブル席に座っていた。

「あったあった、これだ！」

ハンターギルドの紋章が入った古い箱を出してきた。

「ハンターに仕事を頼むなんて十数年ぶりだよ、この村じゃ」

「手間をかけるのう」

「いやいや、こんな貧乏村、できるお返しがこれぐらいしかないよ」

そう言ってハンターギルドへの討伐証明書を書いてくれる。ギルドから市町村の当主、領主に渡されている偽造防止の証書とインクだ。

この村にはハンターギルドの支部がないので、カードに討伐した魔物の裏書きをする権限が無い。だからこのように連絡票を持たせるわけだ。

「一応もう一回カードを見せてくれ」

　素直に出す。

「……オーガ、マンティコラ、マーマン！　ええええええ！　凄いじゃないか！　一流のハンターだよ！　その若さでとんでもねえな！」

　まあ他にも成り行きでいろいろ退治したが、面倒なのでそれは言わない。

「惜しいなあ……。オニヒメさん、このまま村にいてもらいたいよ。よかったら誰か若いもんの嫁になってくれれば最高だが……」

「お断りじゃ」

「だよなあ……」

　惜しそうにカードを返してくれる。それに討伐証明を書いた封書も。

「少ないが礼金だ。受け取ってほしい」

　革袋も渡してくれる。

「おおきに頂戴するの」

「ほんっとーに少ないからな！　いやホント貧乏で申し訳ない！」

「かまへん。こっちとて成り行きじゃからの」

「……魔女は強力な魔法を使っていた。男どもが黒焦げになって炭になるような……。全くどうやってやり返したのか想像もつかんよ。あんた腕が立つんだねえ」

　こちらの魔法とやらも妖術、呪いのたぐいであろう。それが鬼姫の術で返せるということがわかっただけでも十分有益であったと言える。

「それとは別に、なんぞ食い物を恵んでほしいのう。次の町まで数日かかるじゃろ。それで十分じゃ」

「はっはっは！　出す、出すよ！　もう何でも取って置きをさ！」

パンやら干し肉やら豆に干し川魚に小麦粉やらワイン瓶やら、いろいろもらってつづらがいっぱいになった鬼姫は、元気に村を離れる坂道を下りて行った。

村長にもらった手書きの地図を見る。

「あーあーあー……。まるっきり方向、間違っとるがの！」

おそらくどこかの道しるべを見逃したのであろう。本当に無駄な遠回りであった。

「旅をするのは昼間に限るのう……」

次からは道しるべをきちんと見ようと思い切り反省した鬼姫であった……。

ぬりかべのふさぐ道

ひとつ、ふたつの宿場町を泊まりながら通り抜け、鬼姫はようやく大きな町を見つけることができた。丘の上からでも見てわかる、四方に街道が延びた城塞町ハズランドである。到着する前に少し騒ぎになったが。

さすがに大きな町の手前。田舎道と違って野盗が出た。

「おう姉ちゃん、金と荷物を置いて行ってもらおうか、ついでに体も！」

もちろんその場で総勢八名をコテンパンに叩きのめして、縄で縛り、木にくくりつけて、通りがかりの商人の護衛付き馬車にこの先の町のお役人に通報してもらうよう頼んだ。鬼姫は一応捕らえた野盗を見張らなければならないので、面倒だがその場を離れられない。

そこらじゅうに剣が柄まで街道に突き刺さり、散らばり血反吐まみれの男どもが木にくくられているという惨状なので、さすがにすぐ衛兵の一団が来て、男どもを確保してくれた。もちろん鬼姫は十手しか使っていないので、死人は一人も出ていない。

詰め所の事務所で、野盗どもを確保してくれた小隊長から調書を取られる。

「えーと、あのですね……。あいつら三級手配されていまして、報酬金が出ます。なので二、三日、こちらに滞在願えればと思います。いろいろ確認もございまして」

「わかったのじゃ」

「ハンターの方ですよね、今ハンターギルドに連絡を出していますので、すぐ関係者が来ると思います。

「わかったのじゃ」

「あの、旅の目的は？　お仕事を探していらっしゃる？」

「わかったのじゃ」

「あの、話聞いてます？」

「かんにんじゃの。聞いとらんかった」

小隊長ががくーっとする。なんだか最初の町のエドガーを思い出す。

こんこん、ドアがノックされる。

「あの、ハンターギルドの者ですが、こちらで強盗団を捕らえたハンターがいると聞いたんですがあ」

「ああ、入って。こちらの方」

ハンターギルドの眼鏡の女性職員が目を丸くする。

「え、女性の方ですか！」

その後、今度はハンターギルドに連れていかれた。

綺麗な建物で、出入りする男たちはみなまともな装備に身を固め小綺麗にしており、他のハンターギルドで見るようなガラの悪さは感じられない良いところだった。職員のデスクでは他の従業員も集まって鬼姫のハンターカードと、魔女を討伐した村の村長が書いてくれた討伐証明を見て大騒ぎだ。

「オーガにマンティコラにマーマン……。実績が凄い……。あの、タラン村の魔女の討伐証明受理、手数料が一割かかるんですが、ご負担いただいていいですか？」

「そんな名前の村だったかのう……。ほれ、これがいただいた報酬じゃ」

村長にもらった金袋を出す。

「十枚って……。銀貨十枚で引き受けたんですか？」

「手紙に書いておらんかったかの？」

「あ、はい。えええええ……。その、では規則ですので、銀貨一枚いただきます」

「よろしゅうお頼申します」

そしてカードの裏に「魔女」が追記された。

「銀貨十枚で魔女討伐……。安すぎる、安すぎるでしょ！」

職員が机をダンダン叩く。だんだん面倒くさくなってきた。

返してもらったカードには、ちゃんと「魔女」が追記されていた。

「三級犯罪者の確保でもちゃんと衛兵隊から討伐証明出ます。ギルド経由で渡すように頼んできましたので、三日経ったら来てくださいね！」

「面倒くさいの。宿賃がもったいない……。生身の人間ぐらいじゃ討伐証明、いちいち出さんと前々の町で聞いたがのう」

「強盗団ならちゃんと報酬が出ますから！　絶対損はさせませんからいてくださいって！」

「わかったのじゃ」

「どこの宿屋に泊まるか連絡してください」

「そらこれから決めるからまだわからへん」

「あーもう！　こちらから宿を紹介します！　そこから動かないで！」

もうなんだか絶対逃がしてなるものかという気迫が感じられてうんざりした。

その夜、紹介された宿にまでその職員が押しかけてきたのはさすがに参った。

「私、オニヒメさん担当になりました、リラエテ・スーンと申します。オニヒメさん、これからもよろしくお願いします！」

頭を下げるリラエテに、担当とか言われても鬼姫は困ってしまう。

「うちはいつまでこの町にいればいいのかのう……」

「そりゃあもう、ずーっと！」

「うちは目的があって旅しとる。ここで仕事を続ける気はさらさらないがの」

「……凄い争奪戦を勝ち抜いてオニヒメさんの担当になったのに……」

もう職員のリラエテがどずーんと沈む。

「知らへんがな」

「じゃ、一つ！　一つだけでも仕事をしていってくださいよお！」

押しが必死すぎる。なんやかんやあって眠い鬼姫は、一つだけ仕事を引き受けてから町を出ると約束させられてしまった。

翌日、ギルドに顔を出す。なにしろ紹介された宿屋は道を挟んで向かいである。ソロアにいた多くの職員、ハンターたちが鬼姫を一斉に見るが、気にせず早速受付にいるリラエテに声をかけ、事情を聴く。

「ゴーレムがハーンズ街道をふさいでいるんです」

「ごーれむってなんじゃ」

これを聞いて一気にギルドの中が落胆に包まれた……。

もう待ち構えていた、ギルドのスタッフ、多くのベテラン冒険者ハンターたち、若い冒険者たちに女の子の魔法使いグループまで、その場にいた全員がである。

「……なあリラエテ、ゴーレムも知らないいなんてこの姉ちゃん、まるっきり素人だろ。お前の目利きハズレだよ」

「ホントにオーガ倒せたとは思えん。コボルトかなんかと間違えたんだろ」

「えーえーえー……。やっと私たち女子限定パーティーの、前衛やってくれる人が現れたと思ってたのに……」

その場にいたハンター、女魔法使いたちがボヤく。

「……あの、オニヒメさん、オーガどうやって倒したんですか？」

「金棒でどついて」

「マンティコラは？」

「弓で射って」

「マーマンは？」

「首を斬って」

「魔女は？　魔女って強力な魔法攻撃してくるんですよ？　いったいどうやって？」

「首を折った」

「首をって……強盗団は？」

「十手蹴り、十手打ち、十手投げ」

「ジッテってなんですか？」

「これじゃ」


十手を出す。わからない人が見ればただの鉄の棒である。護身用の鉄のぶん殴り棒なんて古今東西どこの世界にもいくらでも存在したに決まっている。

「ジッテキックって、もうジッテ関係ないじゃん……」

そうではない。十手術は剣を無効化するためにあり、その極意は剣を固めた後の体術にある。切って捨てる武士と、取り押さえて捕縛する同心ではやることが全く違うのだが、それが連中にはわからないのが残念だ。

……もうギルドの中にいた人間が全員全く信じていない。なにしろ鬼姫はその魔物を射った弓も斬った剣も、持ってないのだ。

「ごーれむってなんじゃ？」

そんな周りの雰囲気など全く気にせず鬼姫は質問を繰り返す。

それでもリラエテは鬼姫担当だ。落胆を隠して辛抱強く対応する。

「大きな岩でできた魔法動力で動く魔道具の一種です。なにかの命令を聞いて使役されていた戦争の兵器である場合が多いですね。それが未だに動いていて、急にハーンズ街道で通行の妨害をしているんです。襲われた人はまだいませんが、なにしろ岩なので倒すこともできずみんな困っています」

「ぬりかべとちゃうかの」

「ヌリカベ？」

ぬりかべというのは壁の妖怪。一枚岩のように語られることもある。歩いていると突然何かにぶつかって前に進めない。見てもわからないが確かに目の前に何かいる、という妖怪だ。人を襲ったり傷つけたりするような妖怪ではない。足元を棒で払えばいなくなるとも伝わる。

「別に人を襲ったり取って食うたりせんのであれば放っておけばよかろう。ぬりかべちゅうやつはわけもなく通せんぼするようなやつではない。そこにはなにか理由があるんじゃ」

「ハーンズ街道は王都まで続く主要な街道で近道なんです。これがふさがれていたら大きく遠回りしなければなりません。大迷惑ですよ！」

「困っとるならここにおる連中で討伐すればよかろう。足を払えば逃げ出すはずじゃ」

「とっくにやってます！　ギルドで総攻撃したことだってあるんです！　岩ですよ？　剣も魔法も全く通用しないんです！」

「うーむ、お祓いすればなんとかなるかのう……」

顎に指を当てて考え込む鬼姫。

「お祓い？　浄化？　え、オニヒメさん神聖魔法が使えるんですか⁉」

おおっと一気にギルド内が期待に盛り上がる。

「なんじゃそれ？」

「そういや魔女も倒したんですよね⁉　ま、ま、魔力！　魔力測らせてください！」

大急ぎでギルドの魔法担当が呼ばれ、全員が注目する中、オニヒメの魔力測定が行われた。水晶玉に手を当てるという、ファンタジー世界でお約束のアレである。

「これに手を当てて魔力を注ぎ込んでください！」

「要するに気を込めればよいのかの？」

「はいっ！　遠慮はいらないので全力で！」

「ふんっ！」

……………。

もうその場にいた全員が固唾をのんでその様子を見守る。

特に何も起こらなかった。

「終了」

魔法担当はさっさと水晶玉をケースに入れ持って行ってしまう。鬼姫を取り囲んでいた冒険者たちもがっかりして、それぞれの仕事に散っていった。

「魔力ゼロじゃねーか。魔女を倒したってのも怪しいもんだ……」

「……オニヒメさあん……」

リラエテはもう泣きそうである。

そんなこと言われても困るというもの。この世界で使われている魔法と、鬼姫が使う陰陽道や神通力とは全く異なるものということになるのだろうか。

「わかったわかった。とりあえず行くだけ行てみるわの。それでよいかの」

「……はい、ぜひお願いします。あ、衛兵隊で討伐証明もう出ていますから、衛兵詰め所に寄ってくださいね」

「わかったのじゃ」

あんなにしつこかったリラエテは担当とか言いながら、もう見送りも無しである。

なんだかさっさとこの町を出ていきたくなった鬼姫。だが王都への近道がぬりかべで通せんぼされているというのなら、話を聞いてやるのも一興。理由がわかれば通してくれるかもしれないし、と思い直す。


「たのもうー！」

衛兵詰め所がまた近いところにあるので、先にそちらに顔を出した。

「あ、鬼姫さんいらっしゃい。待ってましたよ」

昨日、強盗団を確保してくれた小隊長がいた。

「ヒマなのかの?」

「待ってたって言ったでしょ……。こちらだって書かなきゃいけない報告書が山のようにできたんだから、書類仕事だってしますって。強盗団の連中、みんな近隣で手配済のやつばっかりだったんでもう討伐証明できました。これ持って行ってギルドに渡してください。カードの裏に『三級強盗団確保』って追記されます」と言って書類を一枚渡してくれる。

小隊長は実際に野盗を連れ帰り、その調書を取って「オーガのような大女に半殺しにされた!訴えたいのはこっちだ!」という証言を得ている。市の衛兵隊もギルドの名の知れたハンターでも、捕まえられなかったり反撃されたりしてきた野盗どもをやっつけてくれたことに手段はどうあれ感謝をしていた。

「ありがとうございます。我々も困り果てていた強盗団、お一人で退治できるなんて本当に鬼姫さんは強いんですね……」

「あんなあかんたれども今までよう野放しにしておったのう……」

「……申し訳ありません。なにしろ用心深いやつらでして」

どずーんとする小隊長に、どうしてこうも役人というやつは滅入ってばかりおるのかと思う。

「この三級強盗団というやつだがの、罪人の一級、二級、三級ってどういう仕分けじゃ?」

「一級は国家転覆レベルのテロリスト、二級は国をまたいだマフィアや暴力団、三級は人殺しもいとわない強盗団、四級は一般殺人、五級はそれ以外の犯罪となります。なのでカードに書かれるのは徒党を組んでいる三級以上なんですよ」

それで例の切り裂き魔はカードに裏書きされなかったのかと思う。

「ギルドになにか仕事を頼まれませんでした？」

「街道のごーれむ退治を頼まれたがの」

「ゴーレム！」

これには小隊長以下、周りにいた衛兵隊全員が驚く。

「ちょ、ちょ、待ってください。大隊長に許可もらってきますから、ここにいて、動かないで！」

小隊長は押し止めるように手を前に出して広げてから、慌てて駆けて行った。

実際に強盗団と正対していた衛兵はみんな鬼姫の実力はよくわかっている。鬼姫への評価はギルドとは正反対と言っていい。鬼姫ならゴーレムを倒せるのではないかと期待もしてしまうというもの。

「許可出ました！　やれるなら頼むとのことです！　私が同行します！」

「忙しいのではなかったのかの？」

「ヒマになりました。どっちにしろ案内が必要でしょ鬼姫さん」

言われてみればその通り。そんなわけでその日の午前中に、鬼姫と小隊長は二人で町を出るのであった。

雲行きが怪しくなってきた。天候が荒れそうだ。街道を歩く鬼姫と騎馬の小隊長、「鬼姫さん、馬に乗らなくていいんですか？」としきりに二人乗りを勧めてくる。

「いらん。ぬりかべは馬に乗っておるような怠け者を嫌って通せんぼするのじゃ。ちゃんと話がしたければ歩いてきたところを見せねばならんの」

「だったら言ってくださいよお！」

慌てて馬を降り、くつわを引く小隊長。

「あの、雨降ってきたんですけど」

「本降りになりそうじゃの」

黒く渦巻く雲を見上げて、つづらから市女笠を出してかぶる鬼姫。適当な笠を買って薄い布を巻いて垂らした自作のものである。

「あの、鬼姫さん、その旅支度、もしかしてそのまま次の町へ向かう気では？」

「ぬりかべが通してくれればそうするつもりであったが？」

「えーえーえー……。話が違うじゃないですか……」

土砂降りになってきた。

「もう帰りましょうよ鬼姫さん。明日にしましょうよ！」

泣き言を言う小隊長。

「黙るのじゃ」

鬼姫はちらりと小隊長を見て、口の前に指を立てる。

土砂降りの雨が続く。二人、そこに立ち止まったまま動かない。

ざわざわざわっ。枝が震える。

ぶちっ、ぶちぶちぶちっ。木の根がちぎれる音、木立が打ち合う木鳴りが聞こえる。

「下がれ！　退くんじゃ！」

鬼姫は身をひるがえして、来た道を戻り駆け出した。

「え、な？　なんですかあ‼」

慌てて騎馬し、鬼姫を追いかける小隊長。

ずどどどど～～～！

ものすごい音がして山の斜面が崩れる。

土砂が木々を押し倒して斜面を滑り落ちてゆく。

「ど、土砂崩れだあああ！」

必死に走る馬と小隊長。二人はかろうじて街道の土砂崩れを避け、安全な場所まで退いた。

「……どっちみち通れなくなりましたね」

半刻（1じかん）後、馬に乗ったままの小隊長は、ずぶ濡れの雨の中、がっくりと肩を落として、ため息ついた。

「うちは確かめねばならぬことがある。おぬし先に帰れ」

「えーえーえー……」

鬼姫は土砂でうずもれた街道を登り出した。

「ちょ、鬼姫さん！」

ぴょーん、ぴょーんと跳ねてゆく。まるで猿かカモシカのごとく。

「えええ……。ついていけるわけないよそんなの……」

それでも小隊長は帰ることなく、その場で鬼姫を待つことにした。


鬼姫は土砂で覆われた街道を進んでゆく。

倒れた木の上に乗って、周りを見回した。土砂が落ちた先を見る。

土砂の中から手だけが突き出していた。岩でできた巨大な手だ。鬼姫はそこまで降りた。

「おい、ごーれむ、大丈夫かの？」

手はだらりと下がったまま、動かない。

「おぬし、このために街道を通せんぼしておったのだのう……」

雨に濡れるゴーレムの手、岩と岩がつながって指の形をしている。

「主（あるじ）の命令か」

岩はもちろん無言である。

「……道ものうなったのじゃ。おぬしの役目も、これで終わりでよいではないか。以（もっ）て、瞑（めい）すべしというもの」

土砂降りの雨が小降りになった。

リーン、リーン。

鬼姫が祓串を振ると鈴が鳴る。

道守りし　剛(ごう)の者
主の命を決して違(たが)わぬ　巌(いわお)のごとく
その役　鬼が見届けたり
逝(ゆ)く先を　神に任せて帰る霊
道暗からぬ　黄泉津根(よみつね)の国

リーン。

雨が上がった。

黒雲が遠のく空に日が差して虹がかかった。

土砂から突き出た岩の手は、がらがらと崩れ落ちた。

「え、ホントに行ってきたんすか小隊長？」

ずぶ濡れになって帰ってきた二人を、詰め所で衛兵たちが出迎えた。

「ああ、こっちでも結構降ったみたいだな」

「大雨でしたね。で、ゴーレムは？」

「知らんよ。ハーンズ街道は通行止めだ。土砂崩れが起こって道がなくなったよ」

「えええええ！」

衛兵たちは驚愕である。

「ゴーレムがいてもいなくてももう関係ない。どっちにしろ通れない。ゴーレムだってあの土砂崩れじゃ埋もれちまっただろうしな」

小隊長は鎧を脱ぎ、タオルで顔や体を拭った。

「災難でしたね鬼姫さん」

鬼姫もタオルをもらい、顔や手足を拭いた。

「無駄足にもいいものと悪いものがある。今回はよい無駄足じゃ」

なぜか機嫌よく鬼姫が答えるのをみんな不思議そうに見ていた。


「ええー、じゃあどっちにしろ通れないじゃないですかあ！」

ハンターギルドでも職員のリラエテが肩を落とす。

「そうじゃのう」

「ゴーレム、どうしたんですか？」

「あのごーれむはの、土砂崩れになるのを知っておったんじゃ。いつ崩れるかわからへんので、人が通れないように守ておった」

「……そんなわけないでしょ」

ふくれっ面のリラエテ、全く信じない。

「道ものうなって、お役目はもう終わりじゃ。土砂崩れで土に還った。もう現れん」

にっこりと笑う鬼姫。だがリラエテは納得しない。

「通れないんじゃ同じことです。報酬は出ませんし、ゴーレムも退治したことにはなりませんからね！」

「それでかまへんの」

鬼姫にはなんの不満もない。つづらから衛兵詰め所でもらった討伐証明を出す。

「三級強盗団ってのはマジなのよねえ……。その腕だけでもギルドは大助かりなんですけどねえ……」

ぶつぶつ言いながらハンターカードの裏に、偽造防止されたギルド特製インクとペンで「魔女」に続けて「三級強盗団確保」と書いて渡してくれる。

「はい、依頼者である領主から強盗団討伐の報酬です。金貨五十枚です。お納めください」

また白金貨で一枚くれた。

「あんなあかんたれどもならこれかて高いかもしれんのう」

「手数料に金貨五枚払っていただけますか？」

これも文句言わず払う。

「ご利用ありがとうございました」

頭を下げて、カウンターに座り直すリラエテ。なんか機嫌悪く、次の仕事も無いらしい。

「ほな、達者での」

まだ雨に濡れるつづらを背負い、鬼姫はギルドを出た。

「もう行くんですか鬼姫さん」

東門に小隊長が立っていた。

「世話になった。達者での」

「はい。道中気をつけて。いろいろありがとうございました」

鬼姫は東門を出て振り返ると、まだ見送っている小隊長に手を振った。

餓鬼

町を出た鬼姫は駆けていた。街道の登り横道を物凄い俊足で駆け上がる。

「さいぜんの感じはなんじゃ。魔法か？」

その額を冷や汗が伝う。

初めての村で神父にかけられた言語翻訳の魔法。あの全身を触られたかのような鳥肌の立つ異様な感覚。それと似た気配を遠くで感じたのだ。それが何なのかは鬼姫には分からないが、はるかに邪悪な感じがする。その気持ち悪さが鬼姫を焦らせ、走らせる。

煙が上がっている。かまどや焚火の煙ではない。火事ではないか。

小川が流れる森の小道を通り抜けると、そこは地獄だった。

白濁した目、変色した腐りかけの体、不気味によたよたと歩く男、女。そんな不気味な人間たちが、集落を徘徊している。

「餓鬼か！」

餓鬼。生前悪い行いをしたものが地獄に落とされると餓鬼になると言われている。地獄絵図で鬼に責め苛まれるのはこの餓鬼の場合もある。これが何かの間違いで現世に現れると、地獄と同じように常に飢え、渇きに苦しめられ、人を襲う悪霊となる。

餓鬼は仏教の教える悪人の行く末であるが、日本の歴史においても、深刻な飢饉が起こると多くの人が飢えに苦しみ人肉にさえ手を出した。がりがりに痩せ衰え、内臓を支える肉さえなくなって腹が突き出す不気味な姿となり、それが餓鬼のようだとされることもあった。

「悪霊――――！」

鬼姫の上げた大声に気がついたのか、五匹いる餓鬼たちが振り向いてこちらに向かってくる。

祓串を出した鬼姫は早口で祝詞を捧げた。

「掛けまくも畏き伊邪那岐の大神筑紫の日向の橘の小門うぉっ！」

一人、つかみかかってきた。それを身をよじってかわす。

「つうっ、小門の阿波岐原に禊ぎ祓へ給ひし時に生りっ、なんじゃこいつら！」

悪霊ではないのか？　実体がある⁉

そもそもこの者たちは、やせ衰えた餓鬼ではなく、泥だらけではあるが生前はこの世界の民のごとく、労働者の体躯、風体（ふうてい）であり、まるで死体が動いているようだった。まるで死後硬直で動きにくい体を無理やり動かしているような。

「……生りませる祓戸の大神たち諸々の禍事、罪、穢、有らむをばっ、放せ！」

つかみかかる数人を振りほどき、離れる。かわしながら祝詞を唱えるうち、囲まれてしまった。

「祓え給い清め給へ！」

祓串は全く効き目が無い！

のろのろとした動きのくせにいつの間にか取り囲まれている。餓鬼の怖いところであった。

切羽詰（せっぱつ）まったときの鬼姫は、目が吊り上がり牙と歯が尖る鬼の形相が出る。いつものような余裕がない証拠である。

「ふんっ！」

鬼姫は祓串から大薙刀に得物を替えて振り回した。刃渡り二尺五寸、全長七尺五寸の伝、宗近の岩融である。

振り回したのは柄のほうだ。これが餓鬼であろうと元は人間、斬って捨てるわけにはいかなかった。五人の餓鬼が跳ね飛ばされて倒れ伏す。

「祓え給い清め給へと白す事を……くっ」

人間だったらこれで全員気絶である。それほどの打ち込みだったはず。だが餓鬼たちは鬼姫の打ち込みをまるでなかったかのようにのろのろと起き上がり、再び迫ってくる。死臭が漂い猛烈に臭い……。

「聞こし食せと恐み恐みも白すっ！」

「うわあああああ――――ん！」

燃え上がる小屋から子供の泣き声が聞こえてきた。誰かが火に焼かれようとしている。一刻の猶予もなかった。

「御免！」

鬼姫はたまらず、餓鬼たちの足を柄で薙ぎ払った！　全員膝をついて倒れる。だが、再び起き上がり鬼姫につかみかかろうと追いすがる。痛みを感じている様子は全くない。

「これでもかっ！」

腹を決めた鬼姫は薙刀で餓鬼の一人の首を刎ねた！

ばたっと倒れる餓鬼。

やむなく鬼姫はその場にいる残り四人の餓鬼の首を次々落とす。

「助けて――――！」

子供が泣いている。

「臨兵闘者皆陣裂在前……」

薙刀を捨て印を結びながら燃え上がる小屋に突入する。ぶわっと小屋から大きな炎が噴き出し、窓を突き破って子供を抱きかかえて飛び出した鬼姫は地面に転がった。

黒く薄汚れた鬼姫と小さな女の子。二人、危なかったと座り込む。

「……娘、大丈夫か？　やけどはしておらぬかの」

「熱い……。痛いいいい……ぐすっ」

「もう大丈夫じゃ。少し我慢じゃぞ」

鬼姫は女の子を抱きかかえ、井戸を探した。街で見たのと同じ手漕ぎポンプがある。その水場に女の子を横たわらせ、ポンプを漕いでやけどした手足に冷たい井戸水をかけてやった。

「誰かおらぬか――――！」

声を上げて見回すと三軒ほどの、丸太組みの人家が建っている森の中の集落だ。

「誰か――――！」

丸太小屋の扉が開いて、二人の男の子が出てきた。助けた女の子よりさらに幼い。

「……お前、誰だ？」

二人、恐怖に震え、スコップと斧を突き出してくる。

「鬼姫じゃ。ハンターをやっておる……。まあ助けに来たと思ってもろてええ。小僧、一体ここで何があった？」

「うわーん！」

三人が鬼姫に抱き着いてきて泣きじゃくる。話を聞くどころではなかった。

燃え上がる丸太小屋はもう手の施しようがない。燃えるに任せ、鬼姫けすまないと思いながら残された小僧たちの丸太小屋を勝手に家探しする。女の子を寝台に寝かせ、布を縛りやけどを覆い、治療をした。ありあわせの食べ物をかまどに火をおこし、鍋料理をしてふるまう。

「……この娘の親御殿（おやごどの）が亡くなったのだな？」

「僕たちはお父さん、お母さんと仲間たちで、ここで砂金を採っていたの」

山の集落。小川で砂金が採れるらしい。金持ちにはなれなくとも、三家族が生きていけるぐらいの収入はあったのだろう。三家族で三軒の家。娘は父と二人、男児はそれぞれ両親と子一人であった。八人で一つの家族のように山師をしていたということになる。

娘の父はなぜ死んだのかはわからない。事故とも他殺とも取れる死に方で砂金の採れる川で倒れていたらしい。

町までは遠い。やむなく祈りを捧げ土に埋めたところ、今日になってその死体だった娘の父が、墓から起き上がり土を割り中から蘇り、この男の子たちの両親たちをも襲った。

子供たちは扉につっかえ棒をして隠れ、身を潜めていた。娘は父を失った悲しみに耐え、何か食べねばと火を起こしていたときにその事件が起こり、蘇った父だった餓鬼が小屋を襲い、娘が隠れているうちに火元をひっくり返し火事になった。

実の両親たちが餓鬼になったのである。さぞかし怖かったに違いない。

子供たちは泣き疲れて寝てしまった。もう夜になった。

子供たちが寝ているうちに、鬼姫は燃えて崩れ落ちた娘の丸太小屋を片付けた。

集落に集めてあった薪を組み、地面に転がったままだった五人の首と、首なし死体を薪の中に集めて、口から火を噴いて荼毘に付す。土葬した死体が蘇ったとなると、さすがに埋め直すわけにはいかず、火葬にするしかなかったのである。

燃え上がる炎に向いて、鬼姫はお清めの祝詞と、死者を送るための祓串を振るう。

リーン、リーン。

深夜の森の中、赤々と炎に照らされた小さな小さな集落に、鈴の音が響き渡った。

翌朝、鬼姫は子供たちに身支度を整えさせ、近隣の町に戻ることにした。

城塞町ハズランド。ゴーレムが通せんぼしていた街道のあった大きな町は、この集落から鬼姫の足で数刻の距離だ。子供連れで次の町まで旅立つわけにはいかない。見知った頼れる者がいるとなると、前日まで滞在していた大きめの町に戻るのはやむない選択であろう。

集落にあった荷車に子供たちの身の回りの物やわずかばかりの財産と、やけどを負った娘を寝かせ、男の子二人を乗せて鬼姫は荷車を引いた。

集落を離れるとき子供たちは泣きぐずった。

鬼姫は「泣くな」とは言わない。子供たちは泣くに任せた。

一緒に暮らしていた両親と仲間たち。永遠の別れは悲しいに決まっているのだ。泣いてやる以上の送りがあるだろうか。それが一番の、死者への慰めとなろう。

荷車の足は遅く、到着は夕刻になった。

「たのもう――――！」

営利団体であるハンターギルドではなく、ここはまず領主直轄(ちょっかつ)である衛兵隊詰め所に行く。

「鬼姫さん！　戻ってきたんですか！」

「いろいろあってのう。この子供たちの面倒を見てくれんかの。一人やけどしておる」

「なんでそんなに真っ黒なんです。何があったんですか？」

衛兵隊が集まり、医者が呼ばれ、治療を受ける娘ら子供たちを交えて事情を話す。教会から聖職者も呼ばれ、魔法による治療もするらしい。

途中で外回りから帰ってきた顔見知りの小隊長も話に加わり、驚いていた。

「それ、ゾンビじゃないですかあ！」

「餓鬼じゃの」

また認識が違う、とばかりに小隊長は首を振る。

「えーとですね鬼姫さん、ゾンビってのはね、死者をよみがえらせ使役する魔術で生み出された死体のことなんですよ」

「死んでおるのかの？」

「そうです。古い異教の魔術ですねえ。今でもそんなことやってるやつがいるのかもしれません」

「ふーむ……。あののう衛兵隊。そんな邪教、野放しにしておるのかの？」

異教、という点がひっかかる。そうは言っても鬼姫だって異教ではあるのだが。

「この国は異教にけっこう寛大でしてね、異教徒の国との貿易も盛んです。鬼姫さんも差別もせずに私たちは受け入れてるじゃないですか。でもこの国に害成すような輩はもちろん入国させないぐらいの規制はありますが」

「ぞんびは野獣や魔物、魔族と違い、魔術で作り出されたと。しかも異教徒が関係すると。そうするとそれを企んでおるやつがいるということになるのかの？」

「それがなんでそんな集落を襲って住人をゾンビ化させるようなことをしたんでしょうか」

砂金。思い当たるところはそこである。

「……この子らの両親はあの集落で砂金採りをしておったと聞いた。そこで働いておった住人をタダ働きさせて大儲け……かの？」

「砂金で大儲けできるんならとっくにでっかい村になってますって。被害者は集落を徘徊して手あたり次第襲ってたんでしょ？　全然働かせられてないじゃないですか。使役できてませんて鬼姫さん。術を使ってそうな怪しいやついましたか？　結論を先走りしすぎです」

「すかたん言うならおぬしら、衛兵隊でよう調べてこい、ここじゃ！」

鬼姫は壁に貼ってあった地図の街道を指でたどって、集落があった場所を指でつつく。小隊長はため息ついて肩をすくめる。

「はいはい、ゾンビが出たとなれば、調べてみないわけにいきませんね……。そのゾンビどうしたんです？」

鬼姫は子供たちをちらと横目で見て小さく首を振る。

小隊長はうなずく。子供に聞かせられない話ということだ。

「この子らはどうする？」

なんとは言ってもまず心配なのはこの子らの行く末である。

「教会に連れて行って相談してみますよ。この領には教会が経営する孤児院もありますし」

「たのむのじゃ」

「子供たちの未来を守るのは衛兵隊の仕事です。そこはお任せください」

小隊長はとんと胸を叩いて、ウインクした。確かに、この町には切り裂き魔が出た前の市とは違って、案内を売り込むような働く子供、浮浪児のたぐいは見かけなかった。

「ここは信用して間違いない領主なのかの」

「……どんな町から来たんですか鬼姫さん」

「前にこんくらいの町ちゅうと、ラルドとか言ったかのう」

「あーあーあー……」

小隊長はそれならしょうがないという顔をした。門番は親切だったが、入出管理は用心深く、子供はスリをして色街もあり、ハンター連中は鬼姫に絡んできてガラ悪く衛兵隊は切り裂き魔を放置し夜見回ることもせず、犯人は貴族関係者だったし報酬も安かった、そんな都市だった。

「……ここを治めるパーセル伯爵はまだお若いですが、確かな統治をなさる立派な方です。俺たち見ればわかるでしょ。ちゃんと真面目に働いている衛兵がいる町はいい町なんです。覚えといてください」

「食い物もうまかったしの」

「どういう判断基準ですか……。ラルドの飯は不味かったんですかねえ？　マシな町だと思ってくれるなら、ここに住んで、ここで仕事をしてくださいよ。俺たちも助かりますから」

いやラルドの娼館でご馳走になった飯はうまかった。飯がうまい街はいい街、という考えは改めたほうがいいかもしれない。

「今回はこの子らのこともあるから、ちと長居しようかと思っておる」

「ありがたいです」

小隊長は嬉しそうだ。

「この子らを教会に連れていきたいのだがの」

「もう暗いからゾンビの調査は明日です。教会へは一緒に行きましょう」

前の野盗の引き渡しのときもそうだったが、テキパキと動く小隊長は話が早く仕事も早い。結局、市民が真面目に働く町は良い町だと思い直した。

街灯に火が付き、教会まで子供たちを小隊長と連れてゆく。

女の子は鬼姫が抱いて、男の子二人は鬼姫と小隊長で手を引いて。

「ふふっ、なんか子供がいる夫婦みたい……」

「黙れ小隊長」

ボケたことを言う小隊長のささやかな夢を一刀両断する。

「……いつまでも小隊長はやめてくださいよ。俺はボブです」

「はいはい」

教会で老女のシスターに事情を話し、子供を預かってもらった。ボブが言った通り、おそらく教会が経営する孤児院に引き取られることになるだろうとのことである。

夜でも扉が開かれ、ろうそくが灯された祭壇前からシスターに案内され、子供たちは教会の外に出て行った。女の子はちょっと振り向き、こわばった顔で手を振った。それに対し、鬼姫は子供たちに深々と頭を下げて見送った。

小隊長のボブは不思議そうに鬼姫を見た。

「鬼姫さんって、子供はあんまり好きじゃないんですかね」

「そんなことはないがの」

「なんか、終始冷たかったように見えました」

「餓鬼になっておったとは言え、うちはあの子たちの親を全員斬ってしもたのでの……。合わせる顔があらへん」

「そうでしたか……」

ボブも沈痛な表情になる。

「そうだ、遺体！　遺体どうしました？　また蘇ってくる可能性もあるから危険でしょ」

「心配いらぬ。薪を積んで火葬にした」

「それじゃ証拠が……。いや、仕方ないか。考えてみれば適切な判断です。ありがとうございます」

「燃え落ちた丸太小屋跡で荼毘に付したから骨ぐらいは残っておろう」

「それも調べておきます。回収して葬ってあげないと……。悪いですが明日一緒に現場に行ってください」

「わかったのじゃ」

教会の祭壇前、神父がやってきた。中年の真面目そうな片眼鏡の男である。

「夜分失礼いたします。急な孤児の預かりありがとうございます」

まずは小隊長のボブが対応する。

「なに、教会の務めです。そちらもいつもお勤めご苦労様。ゾンビが出たそうですな」

「はい」

「そちらの方は？」

神父が鬼姫を見る。

「ハンターの鬼姫さんです。町の治安維持にご協力をいただいています。実力、信用共に私が保証して間違いなしのお方です」

「それはそれは。私からもお礼申し上げます」

祭壇前。ろうそくの燭台を机に立てて、三人で神父が持ってきた書籍、資料を調べてみる。

「あったあった。ゾンビ。南洋の宗教、パードゥ教の死せる労働者。生前に罰を受けて死刑になった者は死後も体朽ち果てるまで無償で働かされ続ける、術による……一種の刑罰でありますな。当時の」

神父が本のページを開いて見せるが、鬼姫にはまだよく読めない。

「あの者らは山の中でわずかばかりの砂金を採り、子らを養っておった。死罪になるような罪がある者とは思えぬ」

「でしょうな。術を悪用する者がいる、というのは間違いがないようです」

「ならばその者たちが集めた砂金を奪うために、操ろうとして術をかけたと？」

ボブが口をはさむが、「話はおそらくそう単純ちゃうわ」と鬼姫は言う。

「そやったら普通に野盗でいいはずなんじゃ。わざわざ術をかけるちゅうことは、やはり躯を集めて、餓鬼を増やし、砂金採りに従事させようということを企んでおったと思うがのう」

「考えすぎですよ鬼姫さん……。人を殺すのは誰だって面倒です。操れる術を持っているならそれを使って強盗しようと思う悪人がいてもおかしくない。砂金がたくさん採れるところを聞き出そうとしたのかもしれませんし」

神父は書籍から顔を上げた。

「どちらにせよあまり腕のいい術者ではないですね。使役に失敗しています。ただ暴れるだけで人を襲うゾンビなど、なんの使い道もありません。世には様々な魔法の研究に一生を捧げ、怪しげな実験をしたがる魔法使いってのがいるものです。そういう外来の新しい技術を試していたとも考えられますね。どんな術なのかは全くわかりませんが」

……鬼姫は考え込む。

「神父殿、教会では葬儀を引き受けておるのかの？」

「はい。もちろん」

「葬儀はどれぐらいあるかの？」

「大きな都市ですし、週に一度あるかどうかぐらいは」

「新しい遺体が掘り起こされたり、盗まれたりといった事件はあったかの？」

「まだ」

「って鬼姫さん、まさか、この町で遺体が掘り起こされるとか、そんな事件起こるかもしれないって思うわけ？」

「やるかもしれん。用心してみるのも一つの手じゃ」

その後宿を取って泊まり、衣は洗濯し、衣服を改め、翌日にはまた小隊長が率いる衛兵隊と共に集落に戻って現場検証したり、そのほかの領の集落を訪れたり、怪しい者……外国人がいないか調べたりして日々を過ごした。

衛兵隊小隊長のボブの紹介で衛兵隊長と領主のパーセル伯爵とも面談した。

伯爵はこれまでの話を聞き、カードの裏書きを見て、「ハンターになってわずかひと月で、オーガ、マンティコラ、マーマン、魔女、三級強盗団確保……。凄すぎる……」と驚いていた。

「我が領でゾンビを使役するなど断じて許されない。もしそんなことをやろうとしている者、本当にいるのなら、ぜひ捕らえていただきたい。私から鬼姫さんに正式な依頼としよう」

ここまでのゾンビ討伐と合わせて、犯人逮捕までを金貨五十枚の報酬で、ハンターギルドへの鬼姫指名依頼を発行してくれる。

「成果は保証できぬゆえ、成功報酬とさせていただきたいんじゃが……」

謙虚な申し出だが、これで伯爵は完全に鬼姫を信用した。


「鬼姫さーん、そろそろ」

教会の裏で老女のシスターが鬼姫に声をかけてくる。

鬼姫は芝生の上で台に置いたお札に、正座して祝詞を捧げ祓串を振っていた。

「……神火清明（しんかせいめい）、神水清明（しんすいせいめい）、神風清明（じんぷうせいめい）……」

霊符を書いて祈りを捧げていたということになる。

「なにやってるんですか？」

「お守りじゃ。安らかに眠れるようにの」

その日、教会では一件の葬儀が行われていた。病没した、一般平民の男である。鬼姫は深く頭を下げて、その霊符を拾い上げた。

祭壇前では故人に対して納棺の儀が行われていた。花に囲まれた安らかに眠る遺体に家族の者たちが涙する、おごそかな式であった。個人の家族、友人たちが棺に思い出の品を納めてゆく。

最後に、鬼姫も前に進み出て、霊符を遺体の胸に置いた。

参列者には鬼姫が何をやっているのかはわからなかっただろうが、神父が何も言わずその様子を見守っていたため、止める者はいなかった。棺は家族、友人たちに担がれ、馬車で城壁外の墓地に送られ、土がかけられ埋められた。この世界ではよくある普通の、良い葬儀だった……。


深夜、三日月のかすかな光。

三人の男たちが、わっせわっせと今日埋められたばかりの墓をスコップで掘り返す。ローブで姿かたちを隠していた。立ててあった仮設の墓標は投げ捨てられ、一見、墓泥棒である。

町に近いとはいえ、深夜は野生動物、魔物、魔獣がうろつくこの世界、城壁外を歩く市民はいなかった。

四半刻の作業で埋められた棺があらわになる。棺の蓋が開けられ、一人の男が進み出て、棺に眠る遺体に何か粉のようなものを振りかけた……。

一人が杖を立てて念じる。呪文は三人が唱和し、魔法陣が展開された。

そして杖を持っていた一人がゆっくりと遺体に杖を向け……。

黒い靄のようなものが棺に向かって放たれると、その靄は跳ね返って三人の男たちに襲いかかった！

「うわあああああ――――‼」

「ぎゃあああああ――――！」

「ひいい――――！」

三人の男たちはそれぞれに叫び、転がり回った。

「今じゃ！」

暗闇の中から鬼姫の声が上がり、隠れていた衛兵隊がそれぞれランタンに点火して一斉に飛び出した！

うげぇえぇ……。ぐぅあああぁぁぁあ……。ぐるるるるぅる……。

三人の男たちは顔は青ざめ、身は震え、よろよろと立ち上がる。

「確保だ」

小隊長のボブが部下たちと男たちを抑え込み、縛り上げる。多勢に無勢、確保は簡単だった。

「来ましたね。鬼姫さんの言う通りでした」

「……こないに簡単に引っかかるなんて、アホすぎる下手人じゃのう」

ボブは数人の部下たちと馬車に男たちを詰め込み、護送するため町に戻った。

残された衛兵隊で、墓を埋め直し、墓標を立てて元に戻す。

残っていた鬼姫は、墓の周りにランタンを置くように衛兵隊に頼み、お清めの祝詞を捧げ祓串を振る。

リーン。

掛けまくも畏き
伊邪那岐の大神
筑紫の日向の橘の
小門の阿波岐原に
禊ぎ祓へ給ひし時に
生りませる祓戸の大神たち

「……これ、レミテス教と違うんじゃね？」
「しっ、黙ってろって」
なぜか一緒に膝をついて祈る衛兵隊たち。

諸々の禍事、罪、穢、有らむをば
祓え給い
清め給へと白す事を
聞こし食せと
恐み恐みも白す
リーン、リーン、リーン。

ランタンに照らされた荘厳で美しい、鬼姫の巫女姿に、男たちは見とれてしまって、宗教の違いなど気にならなくなってしまっていた……。


「えー、それ、俺も見たかった……」

後で部下から話を聞いた小隊長のボブが残念がったのは言うまでもない。

「ただのお清めじゃ。やっておかんと気味悪いのでの。で、男たちの身元はわかったかの？」

「まだわかんないんですが、三人とももう完全にゾンビですよねあれ。縛っておかないと暴れ出す始末でして……、なにやったんです鬼姫さん」

「厄返しの環呪詛符じゃ。そいつらがやろうとしておった餓鬼に落とすための魔術が、そのまま自分に跳ね返って取り憑いたということになるのう」

「はー……。そんなことまでできるんですか鬼姫さん。しかしゾンビ化魔法、生きてるやつにも効くんですねえ」

「それだけ術者がヘボだったちゅうことじゃ。やまとの護符がそのまんま効くなんてこちらの魔法とやらも、うちも大した術とは思えんようになってきたのう」

この人、ほんとに何者なんだと改めて鬼姫を見るボブである。

「とにかく、後はこっちでやっときます。身元も少なくとも一人は名の知れた魔法使いでしょうし、その方面から黒幕もわかるはず。任せてください」

「頼むの。うちはこれ以上かかわりたくないわの」

「まあそうでしょうねえ……。お約束通り討伐証明出ます。こちら、受け取ってください。領主のパーセル伯爵様から事が終わったら渡しておけと頼まれていました」

そうして領主のサインがされた討伐証明書をもらった。

「今度こそお別れですかね」

「あんまりいいことがなかった街なのでのう」

「そこは申し訳ありませんでした。お元気で、鬼姫さん」

「達者での、ボブ」

そして二人はニッと笑った。


ハンターギルドで討伐証明書とハンターカードを、久々に顔を合わせた受付のリラエテに提出する。

「ゾンビ!?　しばらく見ないと思ってたら、こんなことやってたんですかあオニヒメさん！」

「ギルドに依頼来ておるはずじゃが。領主様から」

「なにかやるんだったら担当の私に一言声かけてくださいよお！」

「だから領主から依頼が来ておろう」

「あっはい！　少々お待ちください！」

ゾンビと術者を討伐、このギルドでも前代未聞の大ニュースである！

ギルドの事務所は大騒ぎになったが、確かに領主直々に鬼姫への指名依頼があり、その領主が依頼完了を認めたとなれば疑いようもない。即刻、報酬の金貨五十枚に相当する白金貨が一枚払われ、カードに「ゾンビ」が追記された。

「ずっとこの町にいてくれるんですよね……？」

リラエテは念を押すが。

「今日旅立つ。世話になったの」

それを聞いてがっくりする。言うまでもなく鬼姫はつづらを背負って既に旅姿。引き留めることは無理そうだ。

「手数料、金貨五枚です！」

鬼姫はギルドに寄った後に、世話になった教会の老シスターに孤児院に寄付してくれと、受け取ったばかりの白金貨を一枚渡した。三人の子供たちのせめてもの助けになればと思ってのことだったが、もうしつこいぐらいに礼を言われてやっと町を出られてほっとしたぐらいである。

「悪い町ではないんじゃが、もう来たくないのう……」

また東門をくぐる。

「鬼姫さん！　良い旅をお祈りします！」

なんと、並ぶ小隊が全員敬礼してくれる。

「やめいやめい、こっぱずかしいわ！」

鬼姫はにへらと笑って駆け出し町を離れる。

後日、魔法使いたちの宿に残された持ち物から黒幕は金商人で、集落の山師たちが発見した新しい砂金鉱脈を聞き出し、独占するためにこの暴挙に及んだことが発覚した。

高名ではあるが怪しげな術を研究している異端の魔法使いが雇われていたのである。結果はゾンビ化魔法は未熟でうまくいかず、ただ暴れるだけの餓鬼となる失敗作であった。魔法使いは改良した新しい術式を試すため、近場の墓場で再度テストを行おうとしたが、鬼姫の妨害もあって自らその魔法にかかり、弟子ともども再起不能の廃人になったようである。

金商人は逮捕され、山師たちが発見したという新しい金鉱脈の場所はわからないままとなったが、伯爵はそれに執着するような人物ではなかった。そんな棚ボタの金儲け、国王と揉めるだけ。まっとうな商売で儲けるほうがはるかに効率が良いと考える賢君であったらしい。

もちろん鬼姫は、そんなことがあったとは知らず、通行止めとなったハーンズ街道を避ける遠回りの道を、東に、東にと歩き出した。


鬼姫がいくつかの村を抜けると、街道の後ろから来た商人の馬車に声をかけられた。

「大きいお姉さん、一人旅かい？」

こんな世界である。女の一人旅は見るからに危うかった。大きいは一言よけいと言うものだが。

「心配いらん、うちはハンターでの」

親切で声をかけてくれたのは商人の邪気ない様子からもわかる。善意なのだから無下にすることもなく鬼姫は笑って頭を下げた。商人の男は中年の体格もいい、頭にターバンを巻き赤銅色に日焼けした男だったが、鬼姫がハンターだと知って驚く。

「そりゃすごい！　この先は魔物が出るって言われてるんだ。タダでいいから乗っていかないかい？　ついでに護衛もやってくれたらありがたい」

旅は道連れ世は情け。まあそれも良いかと調子のいい商人の申し出に乗ってみる。それに魔物が出るとなれば話は別だ。馬の手綱を引く馬車の御者席に座る商人の横に、よいしょと乗り込んで座らせてもらい、背負っていたつづらを後ろの荷台に置く。

「世話になるの。商人殿はどちらに行くのかの？」

「この先のアスラルだよ。けっこう大きな市さ」

「そやったらおんなじじゃの。そこまでよろしゅう頼むの。で、魔物ってどんなやつじゃ」

商人は席の後ろに置いた剣を鞘入りのまま出して、自分と鬼姫の間に置く。どちらも剣を取ることができる場所であり、有事のときはすぐ使える場所だ。商人が武器は持っていても敵意は無いという意味でもある。

「スフィンクスと言うらしい。たいていの魔物なら俺一人でもなんとかなるが、スフィンクスってのは道に立ちふさがって、いきなり無理難題のなぞなぞを出す」

「ほー、人の言葉が喋れる魔物かの」

「答えられないと取って食うって、前の町で脅されたよ。今そんなのが出てるなんて知らなかった。実際被害者がいるって話だ」

「取って食われるのになんでそんな話が残っとるんじゃ。そんなん掲示板に張ってなかったがの。

まるで天邪鬼じゃのう……」

「なんだいそのアマノジャクって」

鬼姫の癖で、どうしても日本の妖怪と比べて考えてしまう。

「天邪鬼は口八丁手八丁で人を騙して喜ぶ邪鬼じゃ。騙した相手を食うこともあるのう。天邪鬼はなんでもあべこべの答えを言ってやると、らちあかんと退散するがの」

商人は、何言ってんのかわかんないというふりで肩をすくめた。

「俺が声かけても動じないし、すぐに馬車に乗ってきたし、こんな怖い話をしても笑ってるし。姉ちゃん相当強いだろ」

「んー、まあまあじゃの」

「ハンターカード見せて」

「ほれ」

表も見ずにまず裏を見る商人。ハンターはA級B級のようなランク制ではない。今まで何を倒したかだけが実力の証明となるので、この世界まず裏書きを見る関係者は多い。

……その裏書きを見て驚く商人。

「あの、護衛料、お高い？」

「乗せてもらっておるのだからタダでええの」

二人、笑っていると、ばさばさっと大きな羽音がして前に魔物が舞い降り、街道に立ちふさがった。

顔はたてがみに覆われた人間、胴はライオン、背中から大鷲の羽が生えていて尾は蛇だ。

鬼姫は知らないが、エジプトの石像になっているスフィンクスとは違い、ギリシャ神話に出てくるスフィンクスの姿に近い。さらに言うならギリシャ神話のスフィンクスはたいてい美女である。こんな醜い男の顔ではない。もっとも、鬼姫は前に退治した「鵺(ぬえ)みたいじゃのう」と心の中で思ったが。だが大きい。まさに猛獣たるライオンの大きさであった。

剣を取る商人を抑えて、鬼姫は馬車を降り、馬の前に立つ。

「何か用かの？」

言葉を話す魔物だと聞いたので、一応試してみる。

「通りたければ余(よ)の問いに答えよ」

「何様なんじゃ。勝手に道をふさいで勝手なことを申すでないわ」

どんだけ偉いんだと鼻白む。

「問いに答えよと言っている」

「通行料なら出したるがの」

「答えよと言っている」

「食い物のほうがええかの」

「答えよ！」

んー。天邪鬼ならこれで帰るはず。仕方なし。鬼姫は眉毛もへの字のジト目で聞いてやることにした。

「朝は四本足、昼は二本足、夜は三本足で、最も足の多いとき最も弱いものは何か」

おぬしじゃろ、と一瞬思ったがまあそれは言わない。うーん、顎に指を当てて真面目に考える。

「たぬきじゃの」

「た、タヌキ？」

スフィンクスも商人も口ぽかんである。

「たぬきはのう、朝は腹が減って四つん這いじゃ。昼には女に化けて二本足で立ち、食い物を恵んでもらう。夜になると変化が解けて、どうやって立っておったのかと見てみれば、でっかいふぐりで支えておったわ」

「ふぐり？」

「きんたまじゃ」

「きんたま？」

スフィンクスはこんらんしている。

狸は狐と並んで、人を化かすという伝説が多いのは承知の通りだが、狡猾なキツネと違って笑い話が多いのはその鈍くささそうな見た目のおかげだろうか。

「あたりじゃの。では通してもらおうかの」

馬車に戻ろうとして後ろを向いた鬼姫に、スフィンクスが襲いかかった。どうやら不正解だったらしい。鬼姫は振り向きざまに、目にもとまらぬ速さで二尺の小太刀を振り抜いた！

武器など持っていなかったはずの鬼姫がいったいどこから出したのか、完全に意表を突かれたスフィンクスは両眼に抜き打ちを浴び、悲鳴を上げて頭を引く。

間髪入れず次の瞬間には二の太刀を両手で振り下ろす。

抜き打ちは片手の剣技。本来両手剣の大刀を、片手で振るう抜刀術はあくまで緊急避難的に使う護身、または不意を突いた先手必勝の技であり、一撃で致命傷を与えられる技ではない。なので、抜刀の型には例外なく必ず止めを刺す二の太刀がある。

唐竹に頭を割られ、スフィンクスは倒れた。

「すげえ……」

商人は驚いた。頭蓋骨は固い台に固定されているわけではないし、しかも丸い。どんなに斬れる刀であろうと太刀筋が曲がっていたり、頭頂部から少しでもずれて振り下ろされたら刃は逃げて耳や頭皮を削ぐだけで頭は割れない。実際に魔物と闘ったことがある商人はそれを知っている。いかに鬼姫の太刀筋がまっすぐで正確な斬撃だったかが見て取れた。

暴れそうになる馬をなだめて、剣を持った商人も馬車を降りてくる。

「強(つえ)えな姉ちゃん……どっから剣出したの……」

「それ答えないとあかんかのう」

「魔法使いかと思ってた。いや、カードの裏書き見たとき、さすがにウソだろと思ったが、これほどとはね」

「たぬきははずれじゃったか……。きんたまは二つあるし、四つ足ってことになるのかのう？　竿で支えておれば正解だったかもしれんの」

「それどうでもいいし、これどうする？」

大量の血を流して横たわるスフィンクス、討伐したはいいが、さてどうしたものか。

「これ馬車に乗るかのう？」

「やめてやめて、気味悪いし積載量オーバー」

「じゃあ討伐証明に尻尾だけ」

「尻尾だけだと蛇を討伐したことになるんじゃね？」

「あー、そうなるかの……。だからこういういっしょくたは嫌いなんじゃ。首を持って帰っても獅子を討伐したことになりそうじゃしのう」

「俺もスフィンクスは初めて見たけど、ライオンっていうより人間ぽい顔だよな」

「背中から羽も生えてるしの……」

二人、うーんと考え込む。

「よし、皮を剥ぐのじゃ！」

「えーえーえーえー……」

「熊とおんなじじゃ。肉にするわけでなし皮を剥ぐだけなら四半刻もかからんて」

それから二人は四苦八苦して大きいスフィンクスの皮をまず腹から剥いだ。鬼姫は手馴れているが、解体の間前足後ろ足を持って支える商人は冷や汗まみれである。

おかげでたてがみのある首回りから足首、蛇の尻尾もつながったままの綺麗な一枚皮が取れた。

背中の羽は根元を少し残して切り落とす。汚れないように裏皮を合わせて折り畳み、丸めて紐で縛って荷台に載せた。

　皮を剥がれたスフィンクスは、街道の横に邪魔にならないように転がしておく。この辺にいる野生動物たちの糧となるであろう。もう喜んでカラスが集まってカアカア鳴いている。

「とにかく助かったよ。さ、行こうか！」

　かぽかぽと馬が歩き出した。

　鬼姫は後ろを向いて御者台に立ち、祓串を振って祝詞を捧げた。お清めである。

　その姿を不思議そうに、商人は見つめていた。


　二人で門構えを通り、商人は通行料、鬼姫はハンターカードを見せてアスラルの市に入った。

　問題はスフィンクスの毛皮をどうするかだ。

「まあついでだ。俺もギルドの連中がどんな顔するのか見てみたい」

　やっぱり二人で笑いながら、商人は鬼姫をハンターギルドの建物まで馬車で送ってくれた。

「たのもうー」

　対応してくれた職員の男は、フロアに広げられるスフィンクスの見事な一枚皮に目を丸くする。

　間違いなくスフィンクスであるという討伐証明だ。

「いったいどうやって倒したんだ……」

「これ飛ぶから神出鬼没だよね」

「答えわかったのか？」

「皮に傷全くないぞ……、えええええ？」

他のハンターたちも集まってきて大騒ぎだ。

「……あの、これ商人ギルドから討伐依頼出ています。先週に一人やられていまして賞金がかかっていたんです。金貨三十枚なんですがいいですか？」

「それでかまへん」

「毛皮は買い取らせていただきます。今、目利きができる担当に連絡していますのでしばらくお待ちいただいても……？」

「ほな昼飯を食いに行てもええかのう？」

「あ、どうぞどうぞ。カードをお預かりいたします」

「ほれ」

またそのハンターカードに人が集まり、騒ぎになる中、鬼姫は商人と一緒にハンターギルドを出た。

「いやあ面白かったね！　さすがだよ！」

「世話になったの。こちらもいろいろ助かったわ」

「えーえー……。昼飯ぐらい一緒に食おうよ。いい店知ってるからさ」

ハンターギルドの横には商人ギルドがあるので、そこで馬と馬車を預かってもらい、二人は商人のお勧めレストランでうまい昼食を取った。

「いまさらだけど俺はクマールという。姉ちゃんは？」

「うちは鬼姫じゃ」

「オニヒメさんね。毛皮売るんだろ？　ギルドとの交渉俺がやっていい？」

商人らしくクマールの目が輝く。

「ギルドの様子を見るに、ああいう珍しい毛皮って結構高い値段で売れるはずなんだ。ちょっと調べてくる」

「もぐもぐ、ごっくん。任せたの。儲けは山分けで」

「えーえー……、俺別に何もやってないしそれじゃ悪いような……」

「うちは横で商売を勉強させてもらうっちゅうことで」

「なるほど。姉ちゃ……オニヒメさん、そういうことは騙されやすそうだしな」

「む、む、む」

これは一言も返せない。なにしろ日本からいきなり別世界に来てしまったのだから、まず物の価値がわからないことのほうが多いのだ……。

「ここで食ってて。すぐ戻る」

慌てて皿をかき込んでクマールが店を出て行った。

鬼姫は約束通りクマールが戻ってくるまで、甘いものも頼んで食後のお茶も楽しんでのんびりしていた。さほど時間もかけずにクマールが戻ってくる。

「バッチリだ。さ、ギルドに戻ろう」

ハンターギルドに戻ってみると、毛皮が広げられたまま、商人が何人かギルドの連中とすったもんだしているところだった。

「あ、オニヒメ様おかえりなさい」

受付が出迎えてくれる。

「ただいまなのじゃ。用事を済ませたいんじゃが」

「あ、はい。カードをお返しします。裏に『スフィンクス』、追記しておきました。それからギルドの手数料一割を引いて討伐賞金、金貨二十七枚です。お納めください」

「おおきにのう」

ここまではいつものやり取りである。

「で、毛皮のことなんですが、ギルドでは金貨十枚……」

「二十枚！」

「三十枚！」

集まっていた商人たちから声がかかる。

「ダメだダメだ、話にならんね。これはクマールが預かることになってまさぁ」

そう言ってクマールが広げられた毛皮を畳もうとする。

「おいっクマール、なんでお前が出てくんだ！」

「なんでって、オニヒメさんは俺の客だから」

「なんだと……」

「王都じゃ金貨百五十枚は下らない、貴重なスフィンクスの完全な一枚革、そんなはした金で売るわけないですよ。俺が扱うんだからここじゃ売りませんて」

「あのなあ、それは職人がちゃんとなめして、敷物にしての話だろ？」

「俺のつてでもできるんでね。普通魔物って、ハンター連中が集団で戦うから毛皮は傷だらけだ。こんな傷のない綺麗な毛皮めったに出ないでしょ」

「くっそー……その通りだよ。うーん、じゃ、五十枚！　五十枚ならどうだ」

無言で生皮を畳むクマール。「百枚なら考えんこともないがなー」とかぶつぶつ。

「七十枚！」

「八十枚‼」

クマールが手を止めた。

「……ま、王都まで行くのもちょっと距離あるし。ハドルさん、八十枚で手を打つよ。それでいいかい？」

ハドルと呼ばれた商人、しまったという顔をしたが、いまさら引けない。

「……わかったわかった。八十枚な。まあそれなら」

「毎度あり」

苦々しく小切手に金額を書き込んだハドルがクマールにちぎって渡す。

綺麗に畳まれたスフィンクスの生毛皮がハドルの手に渡された。

その後、商人ギルドで小切手を金貨に換えたクマールは、白金貨一枚を鬼姫に渡してくれた。

ギルドの言うとおりにしていたら金貨十枚だった話である。

「八十枚山分けにすると四十枚になるんちゃうかの？　白金貨は五十枚分じゃ」

「それじゃいくらなんでも俺が取りすぎなんでね、それにこれからも旅を続けるなら、白金貨のほうがオニヒメさんにはかさばらないし」

「商人ちゅうても、案外義理堅いものなんやのう……」

「商人なんだと思ってんだ……。商人ってのは信用で商売するんだよ。他の商人たちもみんなそこは同じさ。またどっかでオニヒメさんと会ったとき、あのとき騙されたから俺とはもう絶対に取引しないって言われるほうが俺には大損なわけ。商人にとって信用は金より大事。覚えといて」

そう言ってにかっと笑う。

二人、笑い合って、ぱあんと手を打ち合わせた。


「商人のクマールのう……いいやつだったのう」

夜、宿を取って、ベッドの横の小机で忘れないよう帳面に書く。

「前の町の小隊長なんといったかの？　ボバ？　ボベ？　……んーとんーと」

頭を抱える。

「ボブじゃ！　そうじゃそうじゃ、小隊長ボブ！」

すっきりして帳面を大事につづらにしまい込み、今日の眠りにつく鬼姫であった。

孤独な鬼

　大都市アスラル初日をスフィンクス討伐で一日終わった鬼姫。今日は街の隅々まで見てみようと思った。この都市アスラル、今までで一番大きな街なのだ。

　元は小規模都市の城塞だったが、街が城塞外にまであふれ、一番外は土塁になっている。街が大きくなれば貧富の差も大きくなり、上級市民、中級市民、下級市民という区分けが自然にできている感じである。ハンターギルドと商人ギルドがある場所は中級市民市街地という感じだろうか。市の門構えから直通する大通りに面していた。

　そんなことが描かれているギルドからもらった市の地図を見ながら、今日はどうするかを考える。手持ちの金を数えてみたら、白金貨が三枚。質素に暮らせばまあ半年は良うに困らない金額らしい。あと金貨銀貨がいくらか。デュラハンの遺言でもらった遺産が古銭と少しの宝石類。別に慌てて仕事を探すほどでもない。

　鬼姫はこの世界のことが未だに全くわからない。もう少し知らなければならないことがたくさんある。そうした情報はどこで得られるだろうか。手っ取り早いのはやはりハンターギルドであろう。少なくとも聞いたことには答えてくれる。

　次は教会だろうか。この世界の歴史、国の成り立ち、この世界の神の教えぐらいは学べるだろう。だが、この世界の生き方は誰に聞けばよいのだろうか。

自由に生きるということは、何でも全部自分で決めなければならないということである。

紅葉神社の鬼の巫女であった自分は、毎日毎日、多くの人に声をかけられ、頼まれたことをやっていただけで毎日が終わっていた。そんな鬼姫は、この世界で一度でも東への歩みを止めたら、もう今日は何をやったらいいかもわからない。この世界で鬼姫は、天涯孤独の身なのだ。

今日やることを教えてくれる人はいない。明日は何をしたらいいかわからない。

知っている人は誰もいない。誰を信じていいのかもわからない。

なんと心細いことだろう。この世界にたった一人。その孤独な絶望感に自然、涙があふれ、ぽたぽた落ちた。

もう大人の女性なはずの鬼姫は、子供のように泣けてきた。涙が止まらない。

たった一人。たった一人で生きていかなければならない。

今まで一度も経験したことがない不安が胸を苦しめる。

たった一人で旅していると、時々、こんなふうに無性に寂しさが込み上げてくることがある。

心細くて仕方がないのだ……。

ぐずぐずと袖で涙を拭く。

「こうしておってもしゃあない。何もやることないのなら、まずは街を歩かねばの！」

ハンターギルドのフロアには、大きな地図が壁一面に描かれていた。

大きいだけあって、一度教会で見せてもらった世界地図に相当するものである。

船から見た測量か、海岸線は描かれていても世界の半分はまだ空白地帯であり、誰が住んでいるかもわからない土地もたくさんあるようだ。

この国、ルントはこの世界に二つある大陸の、東大陸パールバルトの西にある。複雑な海岸線はルントの西にかかっており、鬼姫が降り立った最初の村ラルソルは海からやや離れて南北に他国がある。古いヨーロッパのごとくまだまだ一国一国が小さく乱立していた。

詳しく描かれているのはもちろんルント国内であり、国の外に出て東の海の果てまで到達するには、地図の空白地帯が多い隣国を通らなければならない。東の隣国は、大まかに主要街道と都市が描かれていて、ハンターギルド支部名が併記してある。詳しい道はその国に行ってみなければわからないだろう。

……東の果てには、やはり日本は描かれていなかった。空白の多い地図、まだ知られぬ大陸や島国があることは想像できたが、それでもこの世界地図は、鬼姫には見覚えのない世界である。

「全く違う世界なんじゃのう……」

この世界は東洋、西洋の概念もなく、鬼姫はまだ自分のような黒髪黒目の東洋人にも出会ったことがない。鬼姫の見た目も、巫女装束の和服も、この国では異質なものであった。

西端で南北に他国との国境線があるラルソル村から、今いるアスラル市で一か月歩いて首都までの道の半分を踏破したことになる。

順調にいけば首都テルビナルまであと一か月かからない。そして東の国境を目指して歩けばさらに二か月。隣国を渡り歩いて極東にたどり着くのは、距離だけ見れば半年以上といったところだろうか。

「……道がなくなれば、飢えて死ぬ。それでこの旅は終わりじゃの。そしたら死ぬ前に引き返して、一番よかった街に住むことにするかのう……。いつまで生きていられるかはわからへんがの」

地図を見て思い直した。

「うむ、まだまだわからへん土地がようけある。この地図だってどんどん新しくなる。あと百年も生きておれば、誰かが日本を見つけるかもしれん。それまで生きておればいい話じゃ！」

日本では一生古都から一歩も出ずに、ほとんどの人が人生を終える。なのに世界地図はどんどん新しくなった。少なくとも鬼姫はそれを見ている。地図の国名はどんどん変わり、西に、西にと広がって、唐や天竺（インド）を越えてついにヨーロッパ、ぽるとがるまで世界地図は広がった。世界が丸くつながっていることを庶民が知ったのは、江戸幕府が開かれたずっと後になるほど時間がかかった。それは一人の人間だけでやった業績ではないのである。

鬼姫のいた日本は、結局この世界には無いかもしれない。でもそれを確かめる時間は鬼姫にはあるのだ。そう思ったら、なんだかこの世界でも生きていけそうな気がしてきた。

「うちは鬼子じゃ。先のことなど心配していては、鬼の笑い物じゃて！」

教会の神父が言っていた。まずは王都を目指せと。

王都に行けば何かわかるかもしれないのだ。まずはそこからだ！

気が付いたら半刻も鬼姫は辞書片手に地図を眺めていた。

その間ギルドのフロアには多くのハンターたちが出入りし、職員たちも忙しく働いていた。地図の前に立ち尽くす鬼姫の姿は多くのハンターや職員たちの目を集めていたが、それでも声をかけてくるようなことはなかった。

場所を変え、今度はどんな仕事があるのかと依頼が張り付けてある掲示板をやはり辞書片手に眺めていると、職員の一人が声をかけてきた。

「鬼姫さん、なにかお困りですか？」

にこやかに笑いかけてくれたのは、昨日討伐証明の手続きで対応してくれた若い男である。数回聞いただけのはずのオニヒメの発音も正確で、それだけでも優秀さがうかがえる。

「ギルドの買取が安いので困っておる」

金貨八十枚で売れたスフィンクスの毛皮に一番最初に金貨十枚の値をつけたことをまだ根に持っている鬼姫。最初に出たのは嫌味だった。

この辺りまで来るとさすがに、騙されて利用されることにも用心が必要だということがわかってきた。多くは、あまりにも物を知らない鬼姫のことを心配しての忠告であり、後で騙されたと思ったことはまだないが。

「申し訳ないです。ギルド職員にもよくわからなくて定額しか提示できませんでした。だから商人たちが集められたんですよ。おかげでちゃんと値が付きましたし、仲介手数料よこせとかもギルドは言ってないじゃないですか」

「そういえばそうかのう」

職員もちゃんと真面目に働いているのはわかる。

「この国を出た東の先にもハンターギルドはあるのかのう？」

「おかげさまでハンターギルドは世界的な組織です。この大陸全てに、あの地図にも載らないような大小のハンターギルドの支部があります。ハンターカードは世界共通ですよ」

「そやったらこの国を出た先も安心だのう」

「今からもう国を出た後の心配ですか……。少しはこちらで仕事をしていってくれると助かりますが」

ギルドのフロアでは、護衛依頼の商人たちと、ハンターのパーティーが交渉していたりと賑やかだ。

「この市はどんなところじゃ？」

「ギルドでも評判になってましたよ。鬼姫さん。登録日を見ればまだハンターになって一か月。いきなり現れてあの実績。タダものじゃないってのはわかるんですが、こうして辞書片手でないと地図も読めない。外国人の方で、こちらの事情はさっぱりわからないってところなんですよね？」

「……実はそうなんじゃ」

てへーという顔になって頭をかく。少しは気を許してもいい相手かと思う。

「ここアスラルはルント西方で一番大きい都市でして、西の交易の中心地でもあります。何でもありますよ。長期滞在するにはぴったりです。腰を落ち着けて住むにもお勧めできます。交易の都合上ハンターは護衛仕事が多くて、その仲介をするのが主なギルドの仕事ですね」

「魔物の討伐依頼もあるかのう？」

「街道警備以外となると、この街を拠点にして周辺の村や町まで出向くことになりますね。護衛仕事のついでに討伐をするハンターのパーティーもいます」

なるほど、うまくできている。

「……おぬし、うちが何者なのか聞かんのじゃのう？」

「それを聞かれると不機嫌になるハンターの方は多いです。心得ております」

そう言ってもらえると鬼姫も気が楽になる。

「お勧めの仕事はあるかのう？」

「しばらくはこの街にとどまられるおつもりですか？」

「せっかくの大きな街じゃ。いろいろ学んでいこう思うての」

「それはいいですね！　それなら鬼姫さんの実績を見るに、お任せするならちょっと面倒な大仕事をやってもらいたいです。あ、他に何かわからないことは無いですか？」

ちょっと考え込む鬼姫。

「この世界の生き方を」

「……そりゃあギルドの仕事じゃないですねえ……」

ごもっともである。

「うーん、実は女性ハンターにお任せしたい仕事があるんです。近隣で」

「おなごでないとダメなんかの？」

一枚の依頼書を掲示板から外して渡される。

「アラクネです」

「あらくね？」

「蜘蛛の魔物ですね。近隣の町の領主子爵を捕らえて屋敷に巣を張って、誰も出入りできない蜘蛛屋敷になってしまいました」

なんでそんなことになったのかはだいたい想像がつく。

「おなごハンターでないとダメちゅうのは、男は化かされてしまうからかの？」

「アラクネは上半身女性の姿をしていましてね、大変美しい容姿をしていて罠にはまり返り討ちにされる男性ハンターが多いんです。催淫も使ってくる厄介な魔物ってことになりますか」

「どうせその領主とやらもおなご姿に化かされてしもたんじゃろう。女郎蜘蛛か。殿御はほんまどこに行てもアホじゃのう……」

「返す言葉もございません……」

女郎蜘蛛。「絡新婦」と書いてじょろうぐもとも読まれる、蜘蛛の妖怪は土蜘蛛、牛鬼など数多いが、中でも美女に化ける物の怪を女郎蜘蛛と言う。女性の怨念が魔物化したというのはギリシャ神話のアラクネの話。日本では最初から餌をとるために疑似餌として女姿に化け糸の網をからめて、主に男を捕らえて食う残忍な人食い妖怪である。

「ちょっとまったぁあああ――――！」

依頼書を手渡されたときにいきなり騒がしい声がかかる。

「それ、私たちがやろうとしてたのにぃいいい！」

なんだかうるさい少女三人組がそこにいた。

全員三角帽子をかぶり杖を持って軽装の防具を着けている。

「……おぬしら魔女か？」

魔女にはちょっと嫌な記憶がある。感づかれない程度にそっと身構えた。

「違ううう！」

「魔法使いよ！　なんでわかんないの！」

三少女激怒。

「魔女と魔法使いはどう違うんじゃ？」

隣のギルド職員に聞いてみる。

「鬼姫さんが倒した魔女ってのは、悪魔と契約した魔力で何百年も生きて魔物化した魔法使いですね。女性は魔女、男性は魔人と呼ばれます。悪魔契約をしなくても人の命を奪って若返りを繰り返しているような者もいます」

「話だけ聞くとどっちも『悪い魔法使い』じゃのう。で、魔法使いは？」

「魔法を使って仕事をする人ですね。この国にある魔法学園を卒業していれば資格があります。こちらでハンターとして登録していれば、正式に魔法使いだと思ってもらって間違いないです」

「違いがわからへん……この子らも年取ったら魔女になるのかの？」

「偏見！」

「差別！」

「無理解！」

うん、かかわらないほうが良さそうだ。鬼姫は直感でそう思った。

「私たちはそういう偏見、差別をなくすためにこうして女性だけで魔法使いだけのパーティーを結成して活動を……」

「元気があってよろしおすなあ」

……鬼姫の雰囲気が一変した。

少なくとも職員はそれを察した。こんな優し気で華やかな作り笑い見たことなかった。この周りが凍り付いてぞっとするような気配、なぜこの少女たちはわからないのかと不思議になるほどであった。

「すまんですのううちが物を知らんせいで。ほなお頼もうします。後のことはよろしゅうの」

鬼姫は話の途中で一番前にいた魔法使いに依頼書を手渡し、さっさとギルドを後にした。

「あー！　待ってぇえ！」

女子三人組がその鬼姫を追いかけてゆく。

「やべえ、惚れそう」

ギルド職員の若い男は、素に戻って笑いをこらえきれずに噴出した。

「オニヒメさん、強いんでしょ！」

「知りまへんて」

街を歩く鬼姫に、なぜか女の子三人がついてくる。

「ハズランドのギルドで一度会ってますよ私たち！」

「知らへんて」

「三級強盗団を倒したとき！」

そういえばあのとき、「やっと私たち女子限定パーティーの、前衛やってくれる人が現れたと思ってたのに」とか言ってた女魔法使いがいたような。

「私たち噂を聞いてここまで追いかけてきたんです！　ゾンビやスフィンクスまで倒したそうじゃないですか！」

「私たち、魔法使いばっかりだから、どうしても前衛のメンバーが欲しくて」

「誰かてええからやってもらえばええでっしゃろ。ギルドにも剣を下げたお方はようけおりましたわぁ」

「そんなの、男しかいないじゃないですかあ！」

頭が痛くなってきた。

昼食もまだだったし、とりあえず振り切るつもりでレストランに入ったのだが、やっぱり勝手に同じテーブルに座る少女たち。

「さいぜんから不思議なんやがの、なんでハンターなんて危のう仕事をおなごだけでやらんとあかんですの？　殿御にお任せしておけばええんちゃうのう」

「私たち、女だってだけで、どこのパーティーにもなかなか入れず、それだったら、女だけでパーティー作っちゃえって思って」

「このスパゲテー大盛り。パン付けて。あと焼いた肉はありますかの？」

「ございます。ポークソテーとビーフステーキ。どちらになさいます？」

「両方」

「かしこまりました。スープは何にいたしましょう」

「そらみなさんようけ働きはるからやろ。この玉ねぎで頼むの」

「オニオンスープですね？　以上で注文はよろしいですか？」

「この子らの注文も聞いてやってくれんかの」

「水！」

「水！」

「水！」

「かしこまりました」

途中から話に入ったボーイが注文を取って立ち去る。

「お水お好きですかの」

「おごってもらうわけにもいかないし」

「うちがおもて（おごって）やるなんてそな無作法、ええとこのお嬢様方にようでけませんて」

「だって女の人からけさすがに」

「そういうとこじゃの、おぬしら」

頭痛い。嫌味が全く通じない。

「うちはここまでハンターをやっておなごだからと困ったことはあらへん。おなごだけでやれるなら存分にやればええ。話はそれからじゃ」

もうさすがに鬼姫は素に戻った。

「だから、前衛になってくれる女の人が必要で……」

「他を当たるのじゃ」

「女性の前衛職って人が全くいないんです！」

「おらんのなら、そんな仕事はやりとうないっちゅうおなごしかおらんからじゃ。それは殿御のせいではないの。やりたがる男に任せておけばええではないかの」

「男の人って、スケベな目で見てくるじゃないですかあ」

「蹴散らせ」

「無理ですってぇ。絶対邪魔してくるんです、私たちのこと！」

「実際邪魔なんじゃろ」

「ポークソテーです。パンとオニオンスープ」

「おー、うまそうじゃの」

「お嬢様方へはお水をどうぞ。ビーフとスパゲティはいましばらく」

「了解じゃ」

「そんなこと言って、みんな私たちの実力がわからないんです！」

ボーイが肩をすくめて立ち去った。ごくごくごっくん。水を飲む三人娘。

「カード見せてくれぬかの？」

三人がカードを出す。

パン、ポークソテー、スープ。美味である。

パン、ポークソテー、ポークソテー、スープ。

パン、ポーク……。

三人娘の目つきが凄くなってきたので、カードを見てみる。

薬草採取。ハト駆除。

薬草採取。キツネ駆除。

薬草採取。カラス駆除。

「……綺麗な手してはりますなあ。なんでこれで女郎蜘蛛と戦うつもりになったんじゃ？」

「私たちもう十分な攻撃魔法が使えるんですけど」

「防御魔法も使えるんですけど」

「回復もできるんですけど」

「ビーフステーキとスパゲティミートソース、ミートボール入りです」

「おー、焼いた鉄板付きかの！　アツアツをいただけるのう！　すまんの。ふぉーくをあと三本頼めるかの？」

「かしこまりました」

うなずいたボーイは三人娘を生ぬるい目で見て微笑み、去る。

「やっぱり斬り斬り込んでくれる人がいないと、魔法を出している暇も無くて」

「斬り込むだけで終わるんじゃろうのう」

一撃二撃で勝負を決めてきた鬼姫。見世物ではないのだから、本当の命のやり取りなら瞬時に終わるのは当然である。

「そうなんですー」

「出番なくて」

「結局パーティーから追放されちゃうんです」

「されないように役立つところを見せるのじゃ」

「実力はあるんですってば！」

「フォークです」

「すまんの。さ、おぬしらで分けて食べい」

大盛りのスパゲティにフォークを三本突き刺して三人娘の前に押し出す。

「え、い、い、い、いいんですか？」

「さいぜんからうちが食いにくいわ」

鬼姫はスパゲティをずるずる音を立ててすすって、案内のニーナに注意されたことがある。この娘たちの前でスパゲティを食べる気にはなれなかった。

「ありがとうございます！」

ボーイはやれやれと首を振って、立ち去る。

仕方なし。鬼姫はビーフステーキも三切れ、分けてスパゲティの皿に載せてやった。


「結局引き受けてくれると思ってましたよ！」

ハンターギルド受付で、先ほど質問に答えてくれた若い男の声も弾む。

少々うんざりして疲れた顔の鬼姫が、三人娘を引き連れてカウンターに来た。

「四人での合同パーティーということでいいですか？」

「いや、うちはこの依頼先の『ダートラス』っちゅう町がどこにあるか知らへん。なので案内を頼むことにした。それでええの？」

「はい！」、「はい！」、「はい！」

三人娘が返事する。

鬼姫はこの世界で、一人で泣くほど寂しいときもある。だが、だからといって自分を利用したいだけの人間や、綺麗ごとしか言わない人間とつるむ気はさらさらない。三人娘を雇うことにしたのは、単に自分のやっていることを見てもらうのが一番いいと思っただけのことである。

「案内ぐらいギルドを通さなくてもいいですよ」

「三人娘がぜひにと申すのでの」

「ではこちらに依頼票を書いてください」

「……うちはこの国の読み書きがまだ苦手じゃ。おぬし書いてくれぬかの」

「いいですよ。ふふっ」

受付の若者、ちょっと楽しそうに代筆してくれる。

「報酬はどうしましょう」

「一人金貨一枚で」

「案内なら一人でいいのでは？」

「いまさらそれを言わいでほしいの……」

「わかりました。では金貨三枚をお預かりいたします」

もう受付は笑うのをこらえるのに必死である。

「えーと、ではアラクネ討伐、鬼姫さんに依頼します。ダートラス領主のご子息、アラン・フォーリア様からのご依頼となります。町に着いたら一度アラン様とお話しください。領主別館に避難しているはずです。討伐報酬は金貨五十枚ですがよろしいですか？」

「たまわった。ほな行くえ！」

「はいっ！」

三人が元気よく返事して、鬼姫は先に立って歩き出した。

「えー！　歩いていくんですか!?」

「馬車は⁉」

「途中で魔物に襲われたらどうするんですか！」

かまわずすたすた歩いて城門を出る鬼姫。

「馬車に乗るなら案内はいらんであろう……。ハンターが護衛付き馬車に乗るなんて笑い話にもならへんわの。身一つ自分で守れずに何がハンターかの」

「うっ」

三人、押し黙る。

「ダートラス、こっちじゃの」

道しるべを見て街道を歩く。

「案内いらないじゃん……」

「案内必要だと言ったのはおぬしらであろう。そやったら働け。前を歩くのじゃ」

「前衛はオニヒメさんで」

「ほな後ろから方向指示しいや」

「あの、今気づいたんですけど」

「なんなん」

「このままじゃ夜になります」

いまさら何を言っておるのかこの子らはと思う。

「野宿するに決まっとる」

「えーえー……」

「水が大好きなおぬしらがどこに泊まるんじゃ？」

「うっ」

日が暮れた。

「ここで野宿じゃ」

河原である。砂がたまって平らなところで流木を集める。

「火が使えるんかの」

「はい、火魔法です！」

「ほな水を汲んでこの鍋に湯を沸かすんじゃ。うちは狩りをしてくる」

「えーえー……」

鬼姫が鳥を三羽、仕留めて戻ると、三人娘はなんとか木を組んで流木の焚火の上に、鬼姫がつづらから出した鍋を吊るして湯を沸かしていた。

「上々じゃの」

「それ、陸ガモですよね。どうやって獲ったんですか？」

「印地打ちじゃ」

「いんじうちって？」

「石を拾って投げるだけじゃて。弓を使うまでもない場合は便利じゃの」

「えーえーえー……」

つづらから出した大根や人参を渡して切るように言う。娘たちは小さいナイフで皮を剝いて切り、野菜を鍋に入れた。鬼姫はさっさと鳥の羽根をむしり、骨を外して小刀でぶつ切りにして鍋に放り込む。

「こちらで手に入ったのはこれぐらいじゃ」

つづらから数種類の小びんに入った調味料を出して「おぬしら味付けしてみい」と好きにやらせる。鬼姫が各地で買い集めて手に入れたものである。

女の子たちはあーだこーだ騒ぎながら料理をする。だんだんいい匂いになってきた。四人、それぞれの荷物の中から椀を出し、お玉ですくって食べてみた。

「うん、いい味じゃ」

道中とげとげしていた雰囲気が柔らかくなり、夕食を楽しむ気分になった。

ほう、ほう、ほうとフクロウが鳴く声がする。

「味噌って知っとるかの?」

「知りませんねえ」

「醤油は?」

「聞いたことないです」

「さよかの……」

その鬼姫のため息が、なんだか切なくて、三人娘は胸が締め付けられるような気がした……。

無言のまま鬼姫は毛皮の敷物と毛布を出して、横になる。

「ほなおやすみ。火を絶やさぬようにの。見張りはおぬしら交代でやるのじゃ。何か出たら起こしてくれればええでの」

「えーえーえー！　そんな」

「防御魔法、とやらを使えるのであろう？」

「あ、はい」

「ほなおやすみ」

　このままお互いの身の上話だの、他愛ない失敗談だの愚痴だの自慢話などに付き合わされてはたまらんと思う鬼姫、さっさと寝たふりをした。

「アラクネってのは、昔の言い伝えだと、男に捨てられた女の怨念が、魔物化したって言われてたよね」

「そうそう、きっとその当主が、どっかの女になんかしたのよ。その恨みを今になって受けてるとしか思えないわ」

「やっぱり男って気持ち悪い……最悪よねー」

　そんなどうでもいい会話を三人娘は延々とやっていて、鬼姫は本当に眠くなる……。

　ダートラス子爵領主の子息、アラン・フォーリアが仮住まいしている別邸はすぐ見つかり、案外簡単に会ってくれた。サロンに通され、茶と菓子がふるまわれるというもてなしぶりである。

「父が再婚すると言って、連れてきた女が、アラクネだったのです」

あーあーあーあー、だろうなあというため息が鬼姫の脇のソファに座る三人娘から漏れた。

「ものすごい美人でした。なんでこんな人が父にと、私でさえ思ったぐらいです。見ているだけでクラクラしました」

「殿御はほんに阿呆じゃのう……」

思わず鬼姫の口から出た言葉がそれだ。貴族子息に対して大変な不敬であるが、子息のアランは返す言葉もなく「面目ないです……」とうなだれる。

「私はある夜、その女が蜘蛛の姿をしているところを見てしまった。たまらず使用人たちにも声をかけ逃げ出したのですが、館はあの通りです。父と、執事の二人はまだ館の中のどこかにいるはずですがたぶん絶望ですね……」

鬼姫たちも町に到着して最初に館を見に行ったのだが、蜘蛛の糸でびっしりと覆われていて恐ろしい幽霊屋敷となっていた。

「ハンターに討伐依頼を出しました。でも、誰に頼んでもあの強烈な色香……、催淫の魔法のようなもので倒れてしまう。男性の兵、ハンターではもう駄目なのです。女性ハンターがいないか手配をしていましたが、今になってやっと来てくれて感謝いたします」

アランは素直に頭を下げた。それほど困っていたということになる。

「ご子息殿。当主がもう絶望だとしても、お家を継ぐには当主の死亡確認が必要であろうし、館は燃やしてしまうこともできず、その大蜘蛛、討伐せなんだら館の捜索もできず、跡継ぎがならんちゅうことじゃの？」

「おっしゃる通りです」

「こんな館燃やしてしまえ――――！」と言っていた三人娘の一人が、バツが悪そうに視線を逸らす。火魔法の使い道がそれでよいのかとも思うが。

「館にこもりきりで、食い物はどうしておるのだろうのう、その蜘蛛は」

「毎夜館を抜け出し、近隣の農家の家畜を襲っています。ヤギや豚や牛に被害が多数出ていて止められません」

「そら難儀じゃのう。わかったのじゃ。今からかかる」

「今からですか！」

その場にいた全員が驚く。

「数人手を貸してほしい。衛兵が四～五人欲しいの」

「なんとか腕のある使用人を出せますが」

「呼子（よびこ）の笛を全員に持たせて屋敷の周りを見張ってほしいのじゃ。万一逃げ出すことがあればすぐに知らせてもらいたいの。討伐はうちがやるのでの」

「は、はい！」

「おぬしらも見張りしいや」

鬼姫はついてきた三人娘に命じた。

「……あの、私たちも何か……」

「死んでも知らへんで？」

「あ、いえ、いいです。それやります……」

そして、全員が蜘蛛の巣に覆われた幽霊屋敷の配置についた。

「ほな参る……」

たすきを掛け袖をまくった鬼姫は、まず蜘蛛の糸でガチガチに固められた館の入口を短刀でバリバリと引き剥がした。大きなドアを全部あらわにする。

この時点でもう既に中にいるアラクネには気づかれている。蜘蛛は張り巡らせた糸の振動を感知して獲物がかかったことを知る。正面玄関ホールで待ち構えているに違いない。だが、鬼姫はかまわず大薙刀の岩融を後ろ手に構え、正門を蹴り飛ばした！

「推参！」

大声を上げて突入すると、うすぼんやりとした暗がりの真正面に少し驚いた顔をした女が立っていた。むわりとした臭気が漂う。

「これは殿御はしんぼうならんだろうのっ！」

上半身は裸である。金髪もたわわな胸も美しい、大変な美女であった。

瞬時に目の前に五芒星の防御を展開した鬼姫は、目を見開いたその女に一瞬で迫り、大薙刀を横一文字に振るう！

「ぎゃぁあああああ！」

胴抜きに腹が切断され、女の上半身がぼとりと落ちる！

一ッ胴である。現代では考えられないが、昔は罪人の遺体を使って、土壇場で本当に人体の試し切りが行われていた。刀の折り紙（鑑定書）に一ッ胴、二ッ胴と書かれていれば、それは実際に御様御用（おためしごよう）のお抱え役人が大名などの依頼を受けて剣の試し切りを行ったという証紙だ。日本刀は実際に人間の胴を切断するだけの切れ味があったということである。

　専門職がいたぐらいであるから、もちろん誰にでもできる技ではない。これを薙刀でやる鬼姫が凄いのだ。

「まだじゃ！」

　女に化けた部分はただの疑似餌。その斬られた胴の下は、這いまわる大蜘蛛だ。女の体を切り落としたぐらいでは、まだ触手を一本むしっただけに等しい。本体の蜘蛛は無傷である。その証拠に斬られた体液が滴る女の下半身の下には、八つの目と、くわっと開けられた口と左右に牙がある！

　八本ある脚の前足二本にねばぁああと糸を張った蜘蛛が鬼姫に覆いかぶさろうとしてきた。その糸に大薙刀がからめとられる。

「しゅっ！」

　鬼姫は火を吹いた。口からぼぉおおおおお――――っと盛大に火炎を吹く！

　糸の絡んだ大薙刀が火に包まれる。巻きついた糸が焼き切れる。炎に身を引いた大蜘蛛に、すかさず火が着いたままの薙刀で薙ぎ払う。前足が飛んだ。

　この大きさともなると蜘蛛とはいえその外骨格はカニのように固い。鬼姫は正確にその節を斬り飛ばした。蜘蛛は玄関ホール中に張り巡らせた網のような糸を伝って後じさりに上に逃げる。

まだ火がくすぶって煙を上げる薙刀を玄関ホールから外に投げた。

ホールから飛んできた二尺五寸の薙刀に、外で待機していた衛兵がたまらず逃げる。

そのときにはもう鬼姫は弓を引いて、天井の蜘蛛に向かって二矢、三矢を放っていた。ざくざくと頭に矢を受け、自らの網に絡まりながら転がり落ちてくる大蜘蛛。それに巻き込まれないよう鬼姫はホールから飛び出して外に出た。

「うわああ！」

丸まって、玄関扉にどすんと挟まった大蜘蛛。すかさず弓を放り投げ、大薙刀を拾い、二度、三度と斬りつける。腹が割れ、どろりと中身が流れ出す。だがそれぐらいでは虫は死なない。大蜘蛛はなおも自ら身を転がし、鬼姫に向かって頭を上げ、その口の牙をかぁあっと開いた。

瞬時に蜘蛛の横に間合いを詰めた鬼姫は、下からすくった大薙刀を振り上げて、その頭を斬り飛ばした。

なぜか尻ではなく、口から糸を吐きかけた大蜘蛛の頭は、自ら吐いた糸を絡ませたままごろごろと転がった……。

虫が完全に死ぬのは時間がかかる。正面扉に挟まったまま四半刻はぴくぴく、うねうねと動いていただろう。

「頭は切り落としたのじゃ。もう大丈夫」

鬼姫はそうは言うのだが、見ていた衛兵、領主子息は、今にも蜘蛛が蘇って暴れ出さないか気が気ではない。完全に沈黙した大蜘蛛にロープをかけ、馬で引いてもらって館から引きずり出した。ものすごい悪臭が漂った。

「男たちは近づくでない。臭気に惑わされるぞ」

男を惑わす……今でいうフェロモンだろうか。こうして男をだまして捕らえ食ってきた醜い大蜘蛛であるアラクネの正体があらわになった。

鬼姫はつづらから小瓶を出して屋敷に入ってゆく。屋敷のホールには、体液が抜けてしわしわになった女の上半身裸の死体がある。短刀を出してその死体を切り刻んでゆく。ちょっと表の連中には見せられない凄惨な姿である。その疑似餌だった女の死体から臓物を切り取った鬼姫は、それを瓶に入れて出てきた。

「……何です？　それ」

三人娘の一人が不思議そうに聞いてきた。

「香袋（こうぶくろ）じゃ」

「あの、香袋って……」

「まあ、討伐証明じゃの。さ、おなごども、働け働け！」

「うう、なんで私たちがこんなこと……」

三人娘も含めて、女たち総出で正面玄関ホール前の広場でアラクネの死骸に薪を積み上げる。これは男どもがやれば気に当てられて倒れてしまうのだから、女がやらないと駄目な仕事だ。

「ほれ、出番じゃ火の魔法使い。これを燃やすんじゃ」

「はいっ。天にましますす女神様、我に炎の加護与えたまえ。その力邪気なる者を打ち滅ぼす火球となりて我が敵を……」

「とろくさいのう」

こりゃダメだ。とても実戦では使えんと鬼姫は肩をすくめた。

切り落としてしわしわになった裸女の上半身も、蜘蛛の頭も薪が燃え上がる炎の中に放り込む。

「禊をしたい。風呂を用意してくれぬかの。衣も洗濯したいのじゃ」

「あう……、わ、わかりました。急いで用意させます」

領主の子息アランは顔を赤らめどぎまぎする。今の鬼姫は、アラクネのフェロモンを浴びて壮絶な色気を放っていた。

もうピンクのもやが可視化して見えそうなぐらい……。

周りの男たちがたまらず前かがみになるぐらい……。

これでは話にならない。

別邸のメイドに案内され、鬼姫は風呂を使うことができた。脱いだ巫女装束も洗濯を頼む。メイドの勧めで、今夜は別邸に全員泊っていっていいらしい。

しゃなりしゃなりと、つづらから出した着替えの巫女装束と羽織をまとった鬼姫は、祓串と鈴を持って、まだ火葬が続くアラクネの焚火の前に歩み寄る。


リーン。

掛けまくも畏き
伊邪那岐の大神
筑紫の日向の橘の
小門の阿波岐原に
禊ぎ祓へ給ひし時に
生りませる祓戸の大神たち

先ほどの壮絶な色香をまとっていた鬼姫とはまた全く違う、美しく、清楚で、荘厳な祝詞の響きに周りにいた男たち、三人娘も見惚れていた……。

諸々の禍事、罪、穢、有らむをば
祓え給い
清め給へと白す事を
聞こし食せと
恐み恐みも白す
リーン、リーン、リーン。

お清めが終わると、屋敷にまとわりついていた淫靡(いんび)な香りが無くなっていた。

「さ、男ども。屋敷を捜索しいや。どこかに領主と執事の遺体が糸でぐるぐる巻きにされておるはずじゃ。もし卵を産み付けられておるようなら、早々に火葬にせい！」

「うっ……。わかりましたぁ――――！」

子息、使用人の男たちの屋敷の捜索は徹夜で行われたが、その間に鬼姫と三人娘は別邸客室に宿を借り、豪華な夕食をご馳走になって朝までぐうぐう眠りこけた。


翌朝、領主子息アランは自分の馬車を貸してくれた。礼を尽くしたいのだろう。

徹夜作業で鬼姫の言う通り、領主の遺体は糸にぐるぐる巻きにされ発見された。執事ともども、体に卵を産み付けられていたようで、今日にも火葬にするとのこと。

討伐証明にサインをしてもらって受け取り、借りた馬車と領主の御者でアスラル、ハンターギルドまで戻る。鬼姫と一緒の馬車で、なぜか三人娘は終始黙り込みあのかしましさは影を潜めていた。

「よかったのうおぬしたち。おなごにしかできぬ仕事がぎょうさんあったぞ。実力を証明できたのう。アラクネ討伐の報酬、四人で山分けじゃ！」

「……」

三人娘、不気味に無言でおとなしかった。仕方なし、鬼姫は黙って馬車から外を眺めた。

「さすがです鬼姫さん。やってくれましたねえ！」

「なんだかやっちゃダメみたいな言い方じゃの」

ハンターギルドではギルド職員の例の若い男が出迎えてくれた。長らく解決しなかった事件に片が付いたのだからやはり嬉しいものらしい。

「討伐証明、確かに受け付けました。カード出してください」

「ほれ」

「お三方は？」

手を伸ばされたが、三人娘、かぶりをふる。

「……いえ、私たち、今回は見てただけで」

「お役に立ててませんで」

「その、一緒に討伐したわけではなくて」

「んー、どういうことじゃ？　力を見せて実力を証明したいんじゃなかったのかのう？」

鬼姫は心底不思議そうに三人を見る。ほれっほれっと手を前に出してカードを出すよう真面目に勧める。

「い、イヤです！　だってカードに『アラクネ』って裏書きされたら、次またアラクネが出たときに私たちで討伐しないといけないんでしょ！」

「そらそうじゃ」

「無理です！　絶対無理！」

「はっはっはっは！」

ギルドホールが爆笑に包まれた。

「では鬼姫さんの案内ご苦労様でした。今回はカードに裏書きすることがありませんので手数料なしでお一人金貨一枚ずつお渡しします」

鬼姫を案内するうちに、道に出た魔物と闘ったとか言うのであれば護衛実績ぐらいは付いたはずだが、残念である。三人娘、一人金貨一枚ずつもらってほろ苦い笑いを浮かべた。報酬より勉強になったことのほうが多かったであろう。

「うちはのう、このカードをもらったときに、言われたことがあるのじゃ」

「?」

「ぱーてぃーめんばーはよく選べとな」

少女たちはバツが悪そうに眼を逸らした。

「いそがんでもええ。おんなじぐらいの人を見つけて、おんなじぐらいの仕事をして、みんなでおんなじ苦労をして、そうせんと本当の仲間っちゅうのはできひんと思うのじゃ」

「ごめんなさい……」

少女たち三人は申し訳なさそうに鬼姫に頭を下げた。

「まあ、おぬしらようやったの。うちからお駄賃じゃ。少ないがの」

鬼姫は気前よく金貨十枚を三人に渡した。

三人娘は「きゃー」とか言いながら大喜び。頭を下げて受け取った。十枚を三人でどう分けるかは知らないが、当分三人で協力し合ってがんばるならそれもいいだろう。

「では鬼姫さんの報酬です。金貨五十枚。あと領主の討伐証明にプラス二十枚書き込まれていましたので七十枚です。ギルドで建て替えておきます」

「そんな心づけしてくれてたのかの、あの跡継ぎ」

「よっぽど感謝してくれていたのでしょうね。白金貨一枚と、金貨二十枚受け取ってください」

「おおきに」

「手数料一割で金貨七枚、お願いします」

「はい」

さて、ここまではいつものやり取りである。

「で、これ買い取ってくれないかの。女郎蜘蛛の香袋じゃ！」

鬼姫はつづらから瓶を出した。何か気味悪い臓物が入っている！

「はあ？」

「強力な媚薬になるんじゃ。香にすれば男はいちころじゃ！　そらあもう貴族だの王様だのに高値で売れるぞ。商人どもを呼んできてほしいのじゃ！」

「はああっ？」

鬼姫はドヤ顔だが、ギルドホールが凍り付いた。

「……どうしはったん？」

「それ禁止薬物です」

「はあ？」

「ダメ、絶対ダメです。扱えません。持ってるだけで直ちに逮捕です。昔、王子がそれでかどわかされて公爵令嬢の婚約破棄騒ぎになった歴史もあり、媚薬は重罪なんです、この国では」

「はああ？」

これには鬼姫がぽかーんである。

「直ちに焼却処分します。汚物は消毒です。立ち会ってください」

もうすぐにギルドの裏、ゴミの焼却炉に投げ込まれ、ギルドの魔法管理職員が数人集まり、強力な炎魔法で滅却処分された。

鬼姫に立ち会わせるのは、横取りして金にするなんてことはしないということである。鬼姫は知らなかったこともあり、お咎めなしで無かったことにしてもらえたが、それを一部始終立ち会わされて見ていた鬼姫の情けない顔ったらなかった。


宿屋で、アラクネ退治に使った大薙刀を鞘から抜いて見る。

いつも抜き身で取り出しているが、どの得物も普通に出せば鞘に収まっている。

鬼姫がいったいどうやって得物を出し入れしているのかというと、古都で武器を持ち歩くなど許されない巫女の鬼姫が困っているうちに、なんとなくできるようになった……。実はそのへんは鬼姫にもよくわかっていないのだが。

「……そろそろ手入れしたいのう」

アラクネ退治では、糸を巻かれて火を吹いて焼き切った。鬼姫の吹いた火程度で鋼（はがね）の刀身が焼けたりすることなどありえないが、焦げ跡がこびりついて少々みっともない。放っておけば錆（さび）にもなる。一生懸命布で拭き取ってはみたものの、二尺五寸の刀身の輝きは鈍っていた。

「刃こぼれも潰れもないが切れ味は少し落ちとるかのう……。もう寝刃を合わせねば」

次は三尺二寸五分の大太刀、鬼切丸。

腰に帯びて抜ける長さではない。右手に柄、左手に鞘を持って、鯉口を切りゆっくり抜く。刀は鍔元に鎺があり、しっかり締りのある鯉口で鞘に固定されていて、ただ抜くだけでは鞘ごとすっぽ抜けてしまう。なので左手は鞘を握りしめ、鍔を親指で力を入れて押し出さないと刀は抜けない。これを鯉口を切るという。

武士が抜き打ちをするときに、必ず左手は鞘の鍔元を握っているのはこのためである。日本刀が速く抜けるのは地面に平行に帯びているからだが、殿中で抜刀すれば切腹なお武家様がおじぎをしただけですするりと刀が鞘から抜けてしまうなんてことがあっていいわけがない。

ピンチのことを「切羽詰まる」と言うが、それはこの鯉口が固すぎてどうにも刀が抜けない状態か、あるいは気が動転して鯉口を切るのを忘れたかで、刀を起源とすることわざの一つである。

鬼切丸はオーガ退治やマンティコラに止めを刺すのにかなり使った。こちらも手入れをしたほうがいいだろう。

人魚の首を落としスフィンクスの頭を割った小太刀。こちらは拭くだけで良いが、水場で使ったこともあり、きちんと手入れしたい。

金棒。五尺の大業物だ。鋼の鋲が無数に飛び出している。「鬼に金棒」のこの武器は戦国では金砕棒と呼ばれたれっきとした武士の得物の一つである。

これは武器を持った手ごわい相手に使う。

チャンバラのように刃と刃を打ち合わせるようなことは、実際にはやりたくないもの。刀より自分の命のほうが優先、というぎりぎりの場合ならともかく、刀を打ち払うなんてことはやらずに見切るほうが実戦的だと考えるのが鬼姫。金砕棒はそんなことは気にせずに敵の剣を叩き落とせるので、鬼姫はけっこうよく使ったものである。よく拭いているが、黒い色が落ちて鉄地が出ている部分が錆びかけている。黒染をやり直したい。

十手。これは袱紗(ふくさ)で拭けばよい。袱紗は現代では祝儀袋を包む布のことだが、鬼姫にしてみればちりめんのようなしぼ織り……つまりタオル、ハンカチのようなもの。荒い織りの布で磨けばピカピカだ。本当は木賊(とくさ)で磨きたいがこちらでは入手できない。

十手持ちは手入れを怠らずいつもこの鉄の地肌を磨いてピカピカの銀色にしておかなければ怒られる。返すのを忘れていたとはいえ、なにしろお上(かみ)からの預かり物であるのだから。

弓。櫨(はぜ)と竹を合わせた弓胎弓(ひごゆみ)で、いわゆる複合弓である。

これは鬼姫が死ぬ前に使っていた当時の一番いい弓、という程度の物。どこにも異常はないし、弦(つる)もまだまだ使える。だが矢が残り五本。補充しなければならないだろう。

短刀。獲物の解体で一番多用している刃物である。鎬(しの)ぎがない平造りで短刀としてもかなり短い、猟師が使うような狩猟刀である。多用している分、もう研ぎに出さねばと思う。正直皮剥ぎなどに使うにはちょっともったいない。小さい包丁があれば十分だし、そんなものはつづらに入れておいて必要なときに出せば良い程度のもの。三人娘も野菜をナイフで切っていたし、解体用のナイフをこの世界で買うのもいいかと思えた。

「よし、今日は武器屋を回るのじゃ！」

　例によってまずハンターギルドで聞いてみる。ハンターが集まる場所なのだから、武器を扱う店のことも詳しいはずだ。

「武器屋ですか。鬼姫さん武器使うんですすねえ……。いつも持ってないから知りませんでした」

　何をいまさら。受付の若い男が驚いている。

「おぬしうちをなんだと思っておったんじゃ」

「何だか全くわからないお人だと思ってます。こっちが聞きたいぐらいです」

　正直すぎる。だがその正直さが鬼姫には好ましい。

「剣士は剣を下げているし、弓使いは弓を持っていますし槍使いは槍を持ってます。みんなを見ればわかるでしょ」

「わかるのう」

　鬼姫は周りを見回した。もう鬼姫はこのギルドでは有名人。いろんな武器を持った専門のハンターたちが集まってきて周りを取り囲んで、興味津々に二人のやり取りを聞いていた。

　いつも武器を持っていない鬼姫、いったいどうやって魔物を倒しているのかがさっぱりわからない。もし鬼姫が剣だったら剣士が欲しいパーティーが、槍だったら槍使いが欲しいパーティーがスカウトしたがっているに決まっているのだ。

「魔法使いでさえ杖は持っていますしねえ。あ、杖は魔法具店になります」

祓串（はらえぐし）は売ってないであろうと思う。まああれは紙をはさみで切って自分で作ればいい話。

「良い武器屋があったら教えてくれぬかのう」

「このアスラルには武器屋が二店あります。どちらも名店ですよ」

「研ぎをやってくれる職人がいる店がええの」

その一言に周りのハンターの男どもがおおっとざわめく。

「剣士でしたか鬼姫さん……。どの店でもやってくれますよ。カウンター横に店のチラシがありますから持って行ってください」

「助かるの」

「あと、いいかげん僕の名前覚えておいてくれませんか。フィルサーです」

「ふぃるさーじゃの。了解じゃ」

鬼姫が帳面を出して、見たことない字でカウンターのペンで書き込むのを、フィルサーはちょっと情けない顔で見守った。

ギルドを出た鬼姫の後をなぜかぞろぞろとハンターの男どもが六人、ついてくるという異様な光景である。わら半紙に木版刷りのチラシを片手にふらふら街を歩く鬼姫に、親切にも「オニヒメさんこっちこっち！」とか教えてくれる。まあありがたいとは思う。

「なんでお前が来るんだよ」

「そりゃこっちだってオニヒメさん入ってくれたらありがたいし」

「お前のとこ剣士も槍もいるじゃねーか」

「オニヒメさんが何のジョブかなんてまだ分からんだろ」

……どうやらパーティーどうしで鬼姫の争奪戦が始まっているようではあるが邪魔でうるさい。

一店目。

「たのもう」

六人のいかつい男たちを引き連れて入店……。だが店員は動じない。さすが武器屋、こんな光景は見慣れている。見回すと店内にいろんな武器が置いてある。もちろん安物は手に取れるようにしてあるし、高級品は檻の中だ。この世界、ショーケースみたいな大きなガラスは無い。

「ちと見て回ってよいかのう？」

「どうぞ。何でもありますよ。良さそうなものがありましたらお声がけください」

真っ先に鬼姫が見に行ったのが、意外にも矢。箱の中に凄い数の矢が飛び出して売られている。どれでも選んで買えるようだ。

長さ、太さ、重さ、いろんな種類がまとめられて細長い箱に分けてあり、バラで買える。鬼姫はその数百本の矢の中から、一本一本、より分けるように実に慎重に矢を選ぶ。

「えーえーえー、オニヒメさん、弓使いだったの？」

これには同行していた男たちから驚きの声が上がる。

「……なんで羽根がそろっておらん？　これでは甲矢（はや）でも乙矢（おとや）でもないがの……」

店員でもわからないことをぶつぶつ言う。この世界の職人はそこまで考えていないらしい。熟考の上、鬼姫はこの店で矢を買うことはあきらめた。

次に鬼姫は棚に並んだ剣を見る。

「あ、やっぱり剣士？　オニヒメさんて」

男たちの期待が上がる。

諸刃（もろは）の剣しかない。持ったとき上にも下にも刃がついている戦闘用の剣である。刃を返す必要も無く、振り下ろすにも振り上げるにも敵を斬れて便利。だが直刀だ。分厚く峰から平研ぎしてあって反っていない。刃も悪い。

「斬ることをせんのかの、この国の剣士は……」

剣を使う野盗どもの相手をしたが、叩きつけてくるように使う連中ばかりだった。刀のように薙（な）いで骨肉を斬る、という使い方は無い。武器として板金鎧を着た騎士相手にパワーで圧倒することを目的とした頑丈な西洋の両手剣に対して、技で確実に致命傷を狙う切れ味特化の日本刀では用途が全く違う。話にならなかった。

鬼姫が一番妙だと思うのは、西洋の両手剣の柄の長さである。日本刀は柄が長い。拳一つ分の間を空けて両手で握るためである。だが西洋の両手剣は野球のバットのように拳をくっつけて握るのだ。あれでは回転力を生かした振り回ししかできないのは当然である。鍔迫（つばぜ）り合いになったときに押し負けるであろう。鬼姫が納得いかないことの一つであった。

刃を見てもベタ研ぎで雑に研いであり、短刀とはいえとても自分の刀を研ぎに出す気にもなれない仕上がり具合。

「打ち粉はあるかの？」

「打ち粉って何ですか？」

「砥石の粉じゃ」

「なにに使うんです？」

あー、こりゃダメだと鬼姫は思った。

「砥石はあるかの？」

「ございます。お好きなものをお選びください」

さすがに砥石はあった。良さそうな粗さ、大きさのものを選んで二つカウンターに置く。

「布巾はあるかの？」

「ウエスですね。これをどうぞ」

一定の大きさに四角く切られた紙箱に入った古着のボロ布である。使いやすくまとめてあればそれも売り物になる。

「刃油はあるかのう。できれば丁子油か椿油で」

「オリーブオイルしかないですねえ」

蓋を開けて油の臭いを嗅いでみるがすこーしいやーな顔をする。目的の物とは違うらしい。

「……オニヒメさん、いろいろ細かいな」

「ああ、なんかすげえな。俺らと根本的に見てるところが違うっていうか、プロっぽいよ」

見ていたハンターの男どもも、鬼姫の真剣さが伝わる買い物っぷりに圧倒されている。

最後は短刀。いわゆるナイフ類。

「おー、これがええの！」

数あるナイフの中から欲しかったものを見つけた、という顔で喜ぶ鬼姫に店員もハンターたちもやっとほっとする。

戦闘用ではなく日常使いのものである。刃が大きく湾曲した皮剥ぎナイフ。

「うーむ、まあ、皮剥ぎにしか使わんと思えば。でも今日買わんでも、うーん」

「え、お客様ハンターですか？」

「そうじゃ」

「パーティーの世話係(マネージャー)かと……失礼しました。ハンターカードを拝見してもよろしいですか？」

「ほれ」

裏書きが凄いのでもちろん大騒ぎになった。

「あ、後での。また来るからの！　それ取っておくのじゃ！」

店員、出てきた店長、職人たちまでが呼び止める中、鬼姫は店を逃げ出した。

次に鬼姫が立ち寄ったのは調味料専門店。ついてきた男たちも怪訝な顔である。

「油を見せてもらえぬかのう？」

「はい、どうぞ」

一本一本、油瓶の臭いを嗅いでみる。

「これじゃ！」

「丁子油(グローブ)ですね。香りがいいですし、べたべたしませんし」

　ニコニコ顔でそれを買う鬼姫。

「茶はあるかのう」

「ええ、どれでも！」

　いろいろ見たが紅茶ばかりだ。

「こういう茶色の葉じゃなくて、緑の茶っ葉はないのかの？」

「え、あの、発酵前のですか？　売り物じゃないですよ？」

「それ見たいのう」

「はあ……、お待ちください」

　そう言って店員が出してきたのは木箱いっぱいの紅茶の原料となる、まだ緑の茶葉だった。

「これじゃこれじゃ。うちのこの袋に一杯、それを売ってくれぬかのう？」

「いいんですか？　まあそれなら……」

　重さを測って、特別に譲ってもらった。

「味噌とか醤油はあるかのう？」

「……聞いたことないです、それ」

　鬼姫の落胆っぷりは周りの男どもが心配になるほどだった。

　次、二店目の武器屋。真っ先に矢選びから始まる鬼姫。数百本ある職人の手作り矢の中から、より分け、より分け、慎重に一本、二本と選び抜いていく。

「……違いが全くわからねえ」

「なんでわかるんだよオニヒメさん……」

　後ろで見ているハンターたちからも声が上がる。

　五百本はある矢の中から十二本だけを抜き取って、まずそれをカウンターに置く。ちょっと弓の構えをしてみるが、思った通り長さもちょうどいい。矢というのは、人間が前に腕を伸ばして、右手で引くのだから、長弓でも短弓でも実は長さに大きな差はない。鬼姫の身の丈六尺は、この国の男たちと大して変わりはなかった。

「……綺麗な型ですね」

　これには店員もハンターも感心した。この国の弓隊がやるような戦闘的な型とは違う、実に優美なものだったからである。

　次に鬼姫は刃物を見た。剣や槍はちらりと見ただけで目はナイフに向いた。

「……うむ、おんなじじゃのう。まあ、この程度やったら買わんでよいか」

　ぶつぶつ言いながら次に砥石を選ぶ。

「あったあった！」

　先ほどとは違う喜びよう。鬼姫はここで、旅の邪魔にならない程度の小さな砥石を三つも買った。買ったものをニコニコ顔で風呂敷に包み、最初の武器屋に戻る鬼姫。

「女の買い物ってなんかすげえな……」

「……俺もデートで彼女の買い物に付き合ったことあるけど、一日かかったよ」

「一日店を回っても、結局何も買わなかったとか、あるからなー」

「結局オニヒメさんの武器って、何？」

「さあ」

ついてくる男たちからボヤキも漏れる。

「たのもう」

最初の武器屋に到着。店員たちと店長、職人が手を揉んで待っていた。

「お待ちしてましたよお客様！　さあ、何をお求めですか？」

「布巾を」

「ふきん……？」

その店で、鬼姫はウエスの箱だけ、買って帰った。結局ナイフは買わなかった。

異世界の店で、日本刀を出して職人に驚愕される、なんてエピソードは無しである。なぜならこの世界の刀剣類を見て、鬼姫は武器屋に自分の刀を任せるなんて気に全くなれなかった。

この世界で日本刀を見せても、「こんな細くて軽い剣すぐ叩き折れる」と言われるだろうし、ぴかぴかに鏡のように研ぎ上げた刃を見せても「髭でも剃るのか？」と笑われるに決まっている。

実際西洋の重い両手剣と打ち合わせればひん曲がったり欠けたりするだろう。刀任せに叩きつけてくる大剣を受けられる剣でなければこの世界では剣ではない。日本刀はそんな使い方はしないということを、この世界の人間は絶対に理解せず三流の鍛冶が作った子供の剣としか見ないと思ったのである。

日本刀は斬る剣である。実際妖怪相手に、力ずくで刀をひん曲げたり折ったり刃こぼれさせて、何振りもの刀をお釈迦（しゃか）にしてきた覚えがある鬼姫はそのことをよくわかっている。

後にこちらの店が、「あのオニヒメが何も買わなかった店」として、評判を落としてしまったなんてことは、知ったことではないが。


朝食を終えてすぐ、宿屋のかまどを借りて、鍋にぐらぐらと湯を沸かす鬼姫。

その鍋に買ってきた茶葉を放り込み、濃い茶を煮立たせる。

「うわっ……。悪く無い匂いなんだけど、なんか凄いね」

宿屋のコックも驚くというもの。

次に七尺の金棒を取り出して同じくかまどの火で炙（あぶ）る。

「うわっ今それどっから出した！」

また驚くコック。磨いて黒光りしているが、ところどころ剥げて銀色の鉄が見えている使い込まれた金棒である。鬼姫は熱くなった金棒を茶が煮え立つ鍋の上に横に渡して、柄杓（ひしゃく）ですくっては茶を金棒にかけ出した。金棒はみるみるうちに湯気を立て、黒い色に染まっていく。

茶葉のタンニンと鉄の反応で錆止めの黒染めができる。タンニン酸第二鉄は黒の染料としてお歯黒など古くから知られてきた手法で、今でも鉄瓶（てつびん）が錆びたときに沸かしたお茶に浸けるのと同じである。

一刻ほどそれを続けて金棒は鈍く黒光りする、上物になってくれた。礼を言って金棒を布でくるみ、部屋に戻って冷めるまでそれを吊るす。

次に武器屋で買ってきた砥石のうち、一番細かい仕上げ研ぎを二つ、布巾の上でこすり合わせた。ふわっと舞うような、細かい砥石の粉ができる。

本当はこれを丸く包めるぐらいまでの量にするのだが、そこまではやらず、別の布を縛ってテルテル坊主を作った。先ほど作った砥石の粉にテルテル坊主の頭を押し付けて、ぽんぽんと刀の刃に打ち付けて表面を粉だらけにする。刀の手入れでよく見る、打ち粉である。

汚れが目立つ大薙刀、使い込んだ鬼切丸、水に濡らしてしまった小太刀にそれぞれやってから、丹念に拭き取る。それを鬼姫は半日かけて繰り返した。

波紋も鮮やかにピカピカの刀身を取り戻した愛刀たちに満足した鬼姫は、鍋に浸していた中仕上げ用の砥石を雑巾の上に置き、まずは鬼切丸から、しゃーこ、しゃーこと研ぎ出した。

刃面を全部砥石に当てて研ぐベタ研ぎではなく、少しだけ角度をつけて刃面が砥石に当たらないよう注意しながら刃先だけを研ぐ、いわゆる小刃(こば)を研ぐというやつである。寝刃(ねたば)を合わせるともいう。

野獣や魔物を斬る刀だ。刃先まで剃刀(かみそり)のように鋭く、鏡面のように化粧研ぎする必要はない。あれは実戦に使うことを想定しない大名研ぎであり、あまり美しくなめらかに研ぐと布や毛皮などに当たったとき刃が滑って全く切れないことがある。刃先に触ってザラつき、ギザギザがあるような少し目の粗い白研ぎが残るほうが最高に皮、肉を断てる刃物となるということを鬼姫は経験で知っている。

美しい艶やかな刀身と刃紋を残したまま、刃先鋭く切れ味優れたきわめて実戦的なぶった切り刀が仕上がった。

次に大薙刀。こちらは柄が長いので目釘を抜き、刀身だけにして研ぐ。

三条宗近（さんじょうむねちか）の岩融（いわとおし）。

平安の末、源義経（みなもとのよしつね）の家来となった武蔵坊弁慶（むさしぼうべんけい）の得物として知られている。

弁慶が義経を守らんと手傷、矢を受け、それでも倒れることなく立ったまま往生した後、弁慶の祟（たた）りを恐れた者が所縁（ゆかり）のあった寺社に奉納してもらおうとしたところ、弁慶の生前の悪行の数々のせいか、あるいは義経と敵対していた兄の将軍頼朝（よりとも）にらまれたか、どこでも断られてしまい流れ流れて紅葉神社に来た。

後の宮司がとある機会に鑑定をしてもらったら「偽物です」と断言され、がっかりした宮司が鬼姫に妖怪退治に好きに使っていいと言ったので、今も鬼姫の手にある。宗近の銘が後世、磨り上げ彫り直した贋物だったのだから仕方がない。

だが、鬼姫はこれが弁慶の得物というのは、案外本当なのではと思うことがある。別に弁慶の霊が夢枕に立ったとかいうわけではない。野盗同然だった弁慶が宗近のような銘品を所有できたわけがなく、それにもかかわらず数々の戦（いくさ）で使われたことが明らかな傷が残る間違いない古刀の禍々（まがまが）しき逸品。

それなのにこの薙刀にはお祓いをするまでもなく、一切の無念が残っていないのである。鬼姫にはそれがわかる。

主である義経を守り切って本懐を遂げた弁慶。思い残すことなどあっただろうか。その弁慶が使ったにふさわしい薙刀だと鬼姫は思うのだ。

よく拭き上げてから、全部の刃物に少しの丁子油を浸した布巾で錆止めのぬぐいをかける。

古い鉄でできている実戦で長く使われてきた古刀たちは、峰や鎬の角も磨かれるうちに滑らかな丸みが付き、刀傷、錆を落とした跡、見えるようになってしまった槌跡など、一様にぴかぴか光る真新しい刀とは違う、古い道具としての年月を経た貫禄と凄みがある。

こうして大太刀の鬼切丸と、大薙刀の岩融、小太刀を仕上げてニコニコ顔の鬼姫、次に短刀も研ぎ出した。

別に銘品ではない普通の短刀。研ぎに凝らずに中研ぎまでやれば鬼姫も満足なのだが、ついピカピカにしてしまった。こちらは解体、木っ端、枝払いぐらいにしか使わない。刃が無くなればこの世界のナイフでも代用が利くものである。使い捨てていい実用品だった。

仕上げ研ぎまでやらないのは、あまり鋭くすると毛皮や内臓を突き破ってしまってだいなしにしてしまうからだ。こういう刃物は研ぎは荒いほうがザクザク刃が進み、脂が付いても切れ味が落ちない。

なぜ職人が日本刀を、まるで鏡のごとくあそこまでピカピカに磨き上げることにこだわったのかと言うと、鉄地、刃紋といった美術的な美しさを見せるためという目的を除けば、主にさび止めである。ステンレスではない通常の炭素鋼は湿気ですぐ錆びるものだが、砥石の研ぎ跡がわからないぐらい鏡のようにピカピカに磨くと、案外錆びにくくなる。

鏡面ではない研ぎ跡が残る白研ぎのままだと、いくら拭いても表面に残る傷に水分や汚れが残りやすいということだろう。

こうして気が済むまで研ぎ上げたら、もう日が暮れていた。そろそろ夕食の時間である。

「ふうー」

ピカピカになった大薙刀の岩融、大太刀の鬼切丸、小太刀、十手、短刀、金棒。

それをベッドに並べて、鬼姫は笑顔になった。

意外なようだが、この世界に来て一番、充実した一日だったかもしれない……。


「たのもう。ふぃるさー、この街に的場（まとば）はあるかの？」

「フィルサーです。僕はねえ、もう鬼姫さんが、今日は何を探しに来るのかってすごく楽しみになってきてるんですよ」

翌日、ニコニコ顔でハンターギルド職員のフィルサーが対応する。

「射場ですね？　昨日、ハンターの連中が、鬼姫さんが矢を買ったって話で持ち切りでした。弓の名手なんじゃないかって」

「そら三十三間ぐらいは当たるがの」

「三十三間って何ナートルです……」

三十三間は約60メートルである。

「鉄砲って知っとるかの？」

「てっぽう？　どんな武器です？」

「火薬で弾丸を撃ち出す飛び道具じゃの」

「火薬とか弾丸とか知りませんけど、この世界で飛び道具と言えばクロスボウと弓ですねえ」

鉄砲ないのかと鬼姫は思った。なるほどハンターたちが剣や槍、魔法で魔物相手に苦戦しているわけである。

日本では鉄砲が普及して、妖怪、物の怪のたぐいはほとんど滅んだ。鬼でさえ鉄砲にはかなわなかった。鬼姫が人に対して害成す妖怪なれば、鉄砲で撃たれていただろうと今なら思う。

魔法があるから、この世界では火薬が発明、普及しなかったということになるのだろうか。火の魔法娘がアラクネを火葬する薪に、火をつけるのに使っていた火の玉魔法を思い出す。

あれならもう少し上手にやれば鉄砲の代わりになるかもしれぬと。まあ鉄砲が無いならこの世界で鬼姫は相当強いということになる。安心して暴れられるというものだ。

「ハンターギルドの裏にも射場はあるんですよ。若いハンターが練習したり、新人ハンターの腕を見たりするのにも使っています」

「ほなそこを借りたいのう」

「買った矢を試したいと」

「おぬし何でも知っていて少し気味悪いわ」

鬼姫がジト目になる。

「僕、オニヒメさんの大ファンですので。ご案内します」

裏の射場は、ハンターギルドと商人ギルドの敷地をまたいで直線を確保している狭い射場である。ハンターと商人は、獲物や素材を買い取ったり、護衛を頼んだり持ちつ持たれつ。ほとんど同業者感覚なので良好な関係で、隣接していてお互い融通し合うことは普通だった。

「あのオニヒメが矢を放つ！」

その噂はたちまちギルド内で広がって、射場に向いた一階、二階の窓に人が鈴なり。ハンターや商人のギルド職員が大騒ぎである。もちろん射場にハンターたちが押しかけた。悪乗りしたギルドの職員は、的を一番遠くして待っている。新人ハンターが受けるテストの倍の距離である。

「うーむ、四十間(70メートル)ぐらいかのう」

胸を覆う胸当てを付け、既に長い弓と矢筒を持った鬼姫が場に現れた。

「ふんっ」と竹竿にしか見えない和弓をひん曲げて鬼姫が弦をかけると、「うぉおおおおおお……」と男たちから声が上がる。七尺五寸、こんな長い弓は見たことないのだ。

「ええええ、あんなのどうやって使うんだ？」

「ロングボウにしたって見たことないぞあんなでかい弓」

「すげえ。使えたらすげえ」

「もしかしてオニヒメさん、大きくなれるのか？」

「いやそれはない」

的を見る。1メートル角ほどの四角い板である。後ろには土嚢(どのう)が積んである。

「的紙張りますのでちょっと待ってください」

別の職員が用意してくれる。これも1メートル角ほどの四角い紙で、見慣れた同心円の丸い的ではなく、十字線が描いてあった。ずいぶんと大きい的じゃのうと鬼姫はちょっと思う。

射線に人がいなくなった。

「よろしいかの？」

「どうぞ」

鬼姫は矢をつがえて足を広げ、横向きに立つ。

弓を持つ位置がもう既におかしい。弓の真ん中ではなく、かなり下を持っている。あれで当たるのかと全員が疑問に思うのも無理はない。

「真ん中で持たないとまっすぐ飛ばないいんじゃないの？　おかしいだろアレ」

「俺もそう思うんだがなあ……」

「あそこまで長くしなくても、弓を強くすれば済む話だしな」

弓使いも見物にいる。この世界の人間にしてみれば日本の和弓は疑問だらけだ。

弓を持ち上げ打起（うちお）こす。ゆっくりと弓を前に押し出しながら腕を下げ、構える。

観客からため息が出るような優美な構え。射場が静まり返る。

「あんなゆっくりな構え、実戦で役に立たんだろ」

そんな嘲笑も飛ぶ。しかし鬼姫は気にしない。

バシュッ！

弓鳴りがして、矢が飛ぶ。

かつーん。

「おおお～……」

大勢から声が漏れた。緩やかな弧を描いて飛んだ矢は十字真ん中からわずか五寸（15センチ）ほど下にしか離れていない。しかも矢は的板を半分以上貫通して後ろの土嚢に突き刺さっている。

はじいた弓はくるりと回って半回転した。これもまた西洋から見れば変わった射方と言えた。

すぐに鬼姫は弓を返す。

二矢。

かつーん。

今度は十字線、ど真ん中に突き刺さった！

「おおおおお――――！」

今度は驚嘆と賛辞の大きな声が射場に響き渡る。

三矢。四矢。五矢。

連続してほぼ二寸（6センチ）の範囲内に矢が次々に突き刺さる！

まるで矢がまとめて束ねてあるようだった。

「うわあああ――――！」

大拍手と歓声が射場に響き渡った！

「え、この距離でかの？」

鬼姫はその反応に驚いたし、全く意味がわからなかった。

鵺を射ったときは致命傷にはならずとも一町以上で体に当てた。これぐらいできる武士は少なくなかったが……。

とりあえず弓を降ろして窓や周りの観客たちに一礼をして、下がる。

「凄いですねオニヒメさん」

ギルド職員のフィルサーが拍手していた。

「矢が少し重いかの」

「それで一矢を下に外したので、狙い直したと。威力も凄いですよそれ。最初見たときはどうやって持つのかと思いました。変わってるけど凄い弓ですね……」

「さよかのう……。おぬしなんでもわかってて気持ち悪いの」

「それ僕にはご褒美です」

「なんでそうなるん」

鬼姫はジト目になっていた。


後で評判を聞いた矢職人がギルドか武器屋からか聞いたのか、宿屋まで押しかけて来た。

「あれ、俺が作った矢なんです！」と。

なんでも、今日やった70ナートルなら人間大の的に当たれば十分名人で、鬼姫みたいに急所を狙えるハンターなんていないらしい。鬼姫は夕食を取りながら残り五本の自分が持っていた矢を見せて、甲矢と乙矢の違いを説明した。

完璧にまっすぐな矢など作れないのだから必ず矢は曲がって飛んで行く。

だが矢を回転させれば、右に曲がる矢も下に曲がり左に曲がり上に曲がり、結果矢はまっすぐ飛ぶ。いわばライフル銃のライフリングと同じである。

これは矢の三本の羽根が同じ風切り方向にそろっていなければ駄目で、デタラメに取り付けてあれば矢は回らない。羽根は半分に切って使うので、無駄なくそろえて作れば矢はどうしても右回りの甲矢、左回りの乙矢の二種類できてしまうのだ。それが鬼姫の常識であった。

鬼姫は武器屋で、偶然に羽根のそろっていた矢をわざわざ選んで買っていたことになる。

「矢って、飛んでるとき回転してるんですか……」

この世界では矢は回転するものではないらしい。

「なんでそないなことも知らいで矢職人をやっておる。デタラメに羽根を付けるのではなく、ちゃんと向きをそろえて風を受けて回るようにするんじゃ」

「そうするとかえって当たらない。羽根はできるだけ不均一に使って矢ごとのばらつきが大きくならないようにする。俺は師匠にそう習ったんですがね」

「だから、甲矢と乙矢に分けるであろう。狙いどころを変える場合もある。なんでそうせん」

鬼姫がやるような長距離の的当てでは放つとき甲矢か乙矢かわかってないと的を外すことになるのだ。

「そんなのわざわざ分けて使ってくれる人なんていいるわけないんですよ。矢ってのはそれぐらい散るもんだと最初からみんな思ってるんです。そんなこと言う人オニヒメさんが初めてですよ」

なお現代のアーチュリー競技でも矢はちゃんと回転するように作られているが、今も天然の羽根を使う和弓と異なり、合成樹脂の羽根なのでほぼ右回転に統一されており甲矢と乙矢の区別はない。

そんなこんなでこの矢職人は、鬼姫専用の矢を作ることを約束した。残り五本のうちの甲矢と乙矢の二本を見本に渡す。近日中に五十本ひと締め作ってくれるそうである。鬼姫にとってはありがたい話だった。

「私たち『氷の刃』はこのアスラルではナンバーワンの稼ぎ頭です。決して損はさせませんよ。オニヒメさんの実力に十分足ると思うのですが……」

「お断りじゃ」

「頼む！　オニヒメさん！　助けると思って俺らのパーティーに入ってくれ！」

「お断りじゃ」

「ふっ、わかっているよ。君は僕を待っていたんだね。かわいい人だ……。さあ、僕の手を取って。君なら僕の横に立って、共に戦うにふさわしい……」

「しばかれたいのかの」

はからずも弓を披露することになって以来、毎日パーティーに入ってくれってハンターの男どもがうるさくなってきた。

「そろそろ旅立ったほうがいいかものう……。飯もゆっくり食ってられへんわ」

矢職人に注文した矢、五十本が製作中だ。それができるまではこの街にいないといけないのだが、それまでは街を見回ってだらだらと暮らしたいと思う鬼姫である。

教会で信徒たちと一緒に神父の説教を聞いたり、ハンターギルドの蔵書を調べてこの世界の情報を得たり、うまい店を食べ歩いたり、調味料を探したりの毎日。それなりに充実した日々を送れているが、極東に向かうという目標がある以上、定住する気もなければ仲間が欲しいとも思わない。

「オニヒメさん、サイクロプス狩り、手伝ってくれないか？」

ハンターギルドで依頼の掲示板を見ていると、狩りに誘ってくるハンターたちも増えた。今日は三人組の男たちである。

「さいくろぷすってなんじゃ」

「……オニヒメさんってホント外国人なんだなあ……。あ、いや。それはいいや」

鬼姫は妖怪退治が専門である。だからこうして辞書を片手に何か事件が起こっていないか、ギルドの掲示板をチェックはしているが、人に害成す魔物でなければこちらから狩りに行きたいとは思わない。

「サイクロプスってのはね、二つ向こうの山に住んでて、こう、顔の真ん中に一つだけ目があって……」

「一つ目小僧かの」

「いや……小僧ってわけじゃ……」

男たち三人は言いよどむが、鬼姫はにらみつける。

「一つ目小僧はの、好きで一つ目なわけとちゃう。人間を脅かすとか言うてもの、そら人間が勝手に驚いておるだけじゃ」

鬼姫と言えども妖怪なれば全て討伐しているわけではない。やむにやまれず妖怪として生きなければならない物の怪だっているのである。そんな妖怪はそっとしておいてやりたいと思うぐらいの度量はあった。

「その者、人に害成す魔物かの？」

「いや、山奥に住んでるからこっちから手を出さなきゃ襲ってくることはないが、かかわると食われることもあるほどめちゃめちゃ強い……」

「熊だってそうじゃ。人を襲いに街に出るならともかく、わざわざこちらから狩りに行くなどうちはせん。他を当たるのじゃ」

想像していたより塩な対応に男たちは戸惑っていた。

「もう少し話聞いて！　あの三人娘のときは金貨三枚で協力してたじゃない！　男は駄目なの！」

「その金貨三枚、払ったのはうちのほうじゃ！　なに勘違いしておる！」

話が間違って伝わっている。金貨三枚で鬼姫が何でもやるなんて思われたら、いくらなんでも迷惑すぎる。

「サイクロプスって、でっかっくて、強いの！　巨人なの！　小僧じゃないの！」

「一つ目入道かの。どっちにしてもおんなじことじゃ」

「あーもう、今サイクロプスの依頼が商人ギルドに来てて、すっごい大儲けになるんだってば！　オニヒメさんだってそれならやりたいでしょ⁉」

「それを言わいでおったちゅうことは、うちを使ってぼろ儲けしたかったということじゃの。ますますお断りじゃ」

今度こそ腹を立てた鬼姫、男たちを振り払ってギルドの外に出た。

狩りや討伐の依頼はハンターギルドに来る。だが商品の依頼は商人ギルド。素材を売ってほしい依頼が商人ギルドに貼られていることもあるのだろう。金儲けがしたいハンターは両方の掲示板を見ているわけだ。

アラクネの香袋を違法薬物扱いされて懲りた鬼姫は、商人も相手にするような仕事まで手を広げる気はもうないし、ただ金儲けのためだけに魔物を殺すのは本意ではなかった。

だが、これはもちろん後で大事件になる。


二日後、ハンターギルドに顔を出すと場が緊迫していた。

鬼姫に声をかけてきた三人組が縛られて座り込み、衛兵に取り囲まれている。ボロボロだ。

それを町中のハンターが集まって取り囲んでいるという状況である。

「一刻を争います。全員、城門に配置お願いします」

初老の男がみんなを前に指示を出している。顔だけ知っているこのハンターギルドのギルドマスターだ。鬼姫はささささっと位置を変えて、職員のフィルサーの元に走った。

「いったい何があったんじゃ」

「あの三人組がサイクロプスを怒らせて逃げ帰ってきたんですが、追ってきてるんです。この市に迫っています。巨人のサイクロプスが三体」

言わんこっちゃない。フィルサーの顔もこわばっている。

ギルドマスターが、「誠に申し訳ありません。衛兵団の方も手配を」と頭を下げると、「わかった」と三人のハンターを捕らえた衛兵の長がうなずく。そのまま三人を引きずって行った。

「あいつらどうなるんじゃ？」

「狩りに失敗して魔物を街におびき寄せたことになります。最低でもハンター資格停止、悪ければ一生かかっても返しきれない罰金、このまま街に甚大な被害が出れば最悪縛り首ですねえ……」

「……ハンターギルドにとっても不名誉極まりないであろうの」

「その通りです。衛兵団にも手伝ってもらいますが、できればハンターで後始末をしたい所で。鬼姫さんも手を貸していただけますか」

「わかったのじゃ」

全員がギルド会館の外に走る。街を見回す鬼姫。この市は古くからある西の主要交易都市。拡大を繰り返して城壁の外にまで街があふれ、二重の構造をしている。一番外周は城壁工事が間に合わず大部分は土塁だが、主要な門は大きく石組みされて完成している。

その西大門に完全武装の衛兵、ハンターたちが集まりだした。門の上には弓兵、弓使いのハンターたちが並んで待機。投石器やバリスタのような大型の武器も馬で大門をくぐって外に運ばれている。

鬼姫は弓を持ち、矢筒を巻いた。これだけで鬼姫が弓使いだと全員にわかるので、混乱した状況でも通してくれる。今は誰の手でも借りたいのだ。

城壁の西大門の石階段を上がり、弓兵たちの横に並んだ。下を見下ろすと兵やハンターたちが並んで城門を守るように待機しているのが見て取れた。

「来たぞ――――!」

「大門、閉じろ――――――!」

街道の丘の横から、サイクロプスが現れた。

一体、二体……、三体。

ぎぎぎぎっ、ばたんと大きな音をきしませて西大門が閉じられる。

じゃらじゃらと鎖が落ちる音がして、門にかんぬきがかけられた。

サイクロプス……。巨大である。その身の丈、二十五尺(8メートル)はあろうかという巨人であった。裸の筋骨逞しく、恐るべき力があることがうかがえる。毛が生えていない坊主頭、そこには真ん中に巨大な一つ目があった。

「……天目一箇命(あまのまのひとつのみこと)、ではないのじゃの」

鬼姫はつぶやいた。古き日本の神である。鍛冶の神であり、一つ目であったという伝承が残っている。ちなみに読み方が異なる古代ギリシャ神のキュクロプスも、一つ目で鍛冶の神であった。地中海のギリシャと極東の日本で、不思議な共通点は神話の中にいくつもある。

鍛冶の神であるならば、何か武器になる金物の得物を手にしているはずだが、一つ目入道にはそれがなかった。今は単に人を襲おうとしている魔物である。

三人の男がサイクロプスに何をしたのかは知らない。だが、相手を怒らせた。こっちに非があるに決まっている。鬼姫はどうしても、下に降りてみんなと一緒に一つ目入道を斬りつける気にはなれなかった。

サイクロプスが迫ってくる。その巨大さに距離感を見誤った弓兵が恐怖にかられ、構えた手から矢が手汗で滑り、矢が放たれてしまった。つられて何人かが矢を放つ。届かない。

「まだだ、矢を無駄遣いするな！」

衛兵の弓兵隊長から声が上がる。距離、一町半（160メートル）。

「まだだ、引きつけて……」

キリキリキリ……。

鬼姫が弓を引いている。そのきしむ音に驚いて弓兵たちが鬼姫を一斉に見た。

身の丈を超える見たこともない物凄い長弓。それを鬼姫が引き絞っている。かなり上に向けて。

「おい……」

弓兵の一人が声をかけようとしたとき、その矢は放たれた。

全員が唖然と見守る中、矢はゆるやかに弧を描いて、飛んで行く。

遠すぎる。多くの兵がその矢先を見失ったとき。
うぐぁおおおお――――！
サイクロプスは目を押さえ、のけぞった！
二矢。
キリキリキリ……。
その立ち姿、場にそぐわぬ美しさに弓兵たちは声も立てられず見守るだけ。
バシュッ！
間髪入れず三矢。
バシュッ！
ぎゃぉおおお――――！
くぅああああ――――！
少し遅れて残り二体のサイクロプスが倒れる。暴れる、のたうち回る。
「うぉおおおお――――！」
兵たちの歓声が上がる！
サイクロプスはその声に誘われたか、這いずってこちらへ来る。
「かかれ――――！」
接近したサイクロプスに投石器が石を放ち、バリスタが巨大な杭を打ち込む。
手に手に武器を持った男たちが一斉にかかり、刺し、斬りつける。

弓兵たちも一斉に城門を降り、サイクロプスに駆けつけた。至近距離から矢を撃ち込む。

魔法使いたちも駆けつけて火や氷をぶつけた。

鬼姫は一人、城門に残り、その様子を眺めていた。

「やりましたね鬼姫さん！」

フィルサーが石段を上がってきた。

「……後は任せたのじゃ」

鬼姫はふんっと弓をしならせ、弦を外すとそれを背に回す。不思議なことに弓も矢筒も消えてなくなる。まるで最初からそんなもの持っていなかったみたいに。

「えーえーえー……。それ、どういう魔法ですか⁉」

「聞かんといて」

「聞きたくなるに決まってるでしょ！　そんな魔法見たこともないですよ！」

「うちにも説明できんのじゃて」

鬼姫はかまわず石段を下りていく。城門の前のサイクロプス、もう動いていない。大方片が付いている。夕日の西大門。その上でフィルサーは、一人座り込み安堵した。

リーン、リーン、リーン……。

どこからか鈴の音が聞こえてくる。

それはお清めではなく、やむを得なく倒すことになった、一つ目入道のための送りの鈴だ。鈴の音は全ての魂を鎮めるがごとく、静かに鳴り響く……。

「あー……。これは惚れたらダメなやつだなぁ」

　フィルサーは残念そうにつぶやいた。


　大都市アスラル総がかりの討伐戦、ハンターたちには全員サイクロプスの合同討伐証明が出た。誰が一番手柄かなんてわからないほどの乱戦ではあったが残念ながら報酬はない。

「おいっ報酬が出ないってどういうことだよ！」

　文句を言うハンターもいたが、ギルドマスターが辛抱強く説得していた。

「ハンターの後始末はハンターで何とかするのが筋だろ。いいか、誰かがヘマしたときに助けなかったら、お前がヘマしたときに誰が助けてくれる？」

「いや……」

「もともとハンターギルドはそういう相互扶助の理念を第一に掲げている。山の男だって海の男だって、事故があれば一致団結してそいつを助ける。それと同じだ」

「……」

「いつか自分を助けてもらうために、今、人を助けることを損だと思うな。わかったな」

　この話をハンターギルドのホールで聞いていて、「なるほど、そういう組合だったのかの」といまさらのように鬼姫は感心した。ハンターギルド、思っていたよりずっとまともな組合だったようである。これからも頼りにしていい存在だと思い直した。

「惜しかったですねえオニヒメさん」

「なにがじゃ」

弓兵、ハンターの弓使いの間ではもちろんあのときの鬼姫の遠射が語り草になっている。一番手柄だとも。なのに職員のフィルサーはちょっと残念そうだ。

街中を二人、並んで歩く。

「本当ならサイクロプス、すごいお金になるんですよ。あの一つ目、蛍石(フローライト)のレンズになってましてね、国の天文部門が大金で買い取ってくれます。天体望遠鏡を作るんだそうで」

「あー、そんなことあの三人組が言うておったの。商人ギルドの連中も」

「それを三つとも鬼姫さんが割っちゃって」

それは惜しかったかもしれない。商人ギルドがサイクロプスの死体を調べて、それはそれは物凄くがっかりしていたと聞かされた。

「なんでうちがやったとわかるんじゃ」

「そりゃあ弓兵全員が鬼姫さんがサイクロプスの目に当てたところを見てますし、鬼姫さんが使った矢、他の誰とも違う見たことない矢でしたし」

あのときは残り三本だった自前の矢を使った。やはりここぞというときは信頼できる日本の矢を使いたかった。

「一つ目の弱点は目に決まっておろう。他にどこを狙うんじゃ」

「わかってますって。教会が喜んで矢を持って行っちゃいましたよ。あのサイクロプスを倒した矢だって、教会で魔除けにするそうで」

「破魔矢か！」

　神社も教会も、考えることはおんなじじゃのうと思う。

「というわけで、内緒ですが教会から鬼姫さんに礼金出ています。他言無用ですよ？」

「……まあそれぐらいは貰っても、いいかもしれんのう」

　鬼姫はフィルサーから革袋を受け取った。遠慮なく中身を見ると金貨十枚。少ないようだが他のハンターたちはタダ働きだったので文句も言えない。

「捕まった三人組はどうなったかの？」

「今回は故意性が高く事故扱いにはしませんが、幸い市に被害も出ていませんし、迷惑かけたということで、ハンター資格停止三か月、衛兵への賠償金命令だけです。元々魔物に追われる領民や旅人が領内に逃げてきたら保護するのは領主の義務です。そのために城壁があり衛兵がいるんですから」

「まあそんなら」

　縛り首にならないならそれでいい。

「……もうアスラルを出るつもりですか？」

「おぬしほんに気持ち悪いのう」

　つづらを背負って旅姿なのだから見ればわかるが。

「この市は気に入りませんでしたか」

「今まで一番面倒事が多かったわ」

「あーあーあー、なるほどねえ……」

それを聞いてフィルサーは肩を落とす。

鬼姫はこの街では有名になりすぎて、やりにくくなっていた。ハンターパーティーの勧誘がいっそうひどいし、商人ギルドの連中まで、「あんたの責任なんだぞ！　サイクロプスの目を獲ってきてくれ！」と言いがかりに近い文句を言ってくる。衛兵の弓兵隊長にいたっては、有無を言わせず隊員にしようと血眼になって鬼姫を探していた。もう長居は無用である。

発つ前に矢職人から注文通りの矢を五十本受け取って礼金を払ったのだが、「なんで俺の矢を使ってくれなかったんですかあ！」とこちらも文句たらたら。

しかし、見本に渡していた唯一残る、日本の職人が作った甲矢と乙矢の二本の矢は返してくれた。これは使わず、ずっと取っておこうと思う。

「世話になったの」

「こちらこそ。東へ行くんですね」

「そうじゃ」

「旅の無事をお祈りしています」

「そちらも達者での！」

鬼姫は手を振って、東門をくぐり抜けた。つづらを背負い、元気よく歩いてどんどん遠くなる鬼姫の姿に、フィルサーは、ちょっと涙が出た。

七 王都

王都と大都市をつなぐ街道。王都まであと数日ぐらいだろうか。鬼姫が歩いているのは主要な街道だが、人通りも多いし、荷物を満載した馬車、帰りの空馬車も多い。畑、農村が続き、警備の衛兵の番小屋も点在し治安もよく、もう野盗強盗の心配も少ない。

一人旅の者も多く、てくてく道を歩く鬼姫の存在もさほど珍しくも無くなってきた。普通に歩けば、普通に旅ができて当然。日本だって関東の旅行客が東海道を経て、お伊勢参りを口実に安全に旅行ができた時代もあった。

多くの旅人とすれ違い、多くの馬車に追い抜かれ、歩いているうちに奇異な目で見てくる人も中にはいる。

「あらあなた、一人旅？」

商人らしき馬車の手綱を取る女性に声をかけられた。鬼姫と見た目の歳はあまり変わらない。

「そうじゃ」

女の駆る荷馬車は珍しい。農家は農作物の運搬なので幌のない荷馬車が多く、商人は幌付きの荷馬車が多い。声をかけられれば何がしかの返事はしていた鬼姫も、女の商人はめったに見ないと思った。

「乗っていかない？　旅は道連れと言うじゃない」

「ご厚意礼を申す。それでは乗せてもらおうかの！」

同じ女性の気安さで、乗ってみることにした。王都も近い安全な街道、怪しむことは何もない。

「どこの町から来たの？　ここまで来てるってことは王都まで行くんだと思うけど」

「んー出発はヨルフ地方西の、えーとえーと……」

つづらから帳面を取り出してめくる。

「ラルソル村じゃ」

「……そんな村知らないけどヨルフ地方の西の国境近くね。ずいぶん遠いところから来たのね。もしかして外国人？」

「まあそうなるんじゃろうのう、この国では」

女商人はちょっと驚く。

「アスラル通ったよね？　一つ目サイクロプス出たって話聞いた？」

「出たのう。話が早いのう」

もうそんなことが伝わっているのかと驚いた。情報が鬼姫の足より速い。

まあ商人は馬車で移動しているから情報が先に行くこともあるかと思う。

「そりゃ私は商人だからね。知ってる？　サイクロプスの目、王都で金貨千枚で売れるんだってさ！　目、獲れた？」

「知らんし」

それでみんなあんなに必死だったのかと思う。一匹から一個しか取れない貴重な素材。それを割ったとなればここはとぼけておくに限るというもの。

「あーあーあー、うまく買い付けられていれば一攫千金だったのに……」

「やっぱりそなたは商人をしておるんじゃの」

「そうよ。とはいっても私は王都の周りをぐるぐるしているだけだけどね」

「おなごの商人はあんまり見たことないのう」

「うん、少ないと思うよ。王都を離れるほど危なくなるし。あなたは何の仕事をしているの？」

まあここまで話したら言ってもいいかと思う。

「うちはハンターじゃ」

「嘘だあ。なんにも持ってないじゃない」

「あー、なるほどのう。そう思われるのはそのせいかの」

ハンターはたいてい武器を持っている。剣を下げているのも普通である。邪魔になるので使うときだけ出している鬼姫がおかしいわけだ。

「うーん、魔法使いにも見えないし。杖持ってないし。ハンターカード見せて」

「ダメじゃ」

「なんでよう」

「どうでもよろし」

「あっはっは！　まだ裏になんにも書いてないのかあ！」

笑いこける女商人。どうやらなりたてのハンターはカードを見せたがらないものらしい。

「……悪かったのう」

「で、アスラルでサイクロプス討伐に駆り出されそうになって逃げてきたと」

なかなか面白い推理をする女商人。ま、それで別に不都合はない。

「うちの出番などおへんわの」

「まあそうがっかりしなさんな。世の中には女でも強いハンターっているんだから」

その話は面白そうだ。ぜひ聞いてみたい。そんな女がいるならばこの先会うこともあるかもしれないし。

「なんなんその女ハンターって」

「旅商人がね、気まぐれに乗せてやった女ハンターが、スフィンクスを一撃で倒して毛皮を剥いだんだってさ！　それで儲かったって自慢してた！」

吹き出しそうになる鬼姫。あやつ……。名前が思い出せないので帳面をめくる。

クマール、そこらじゅうで言いふらしておるのかのと頭を押さえる。

「きっと筋肉ムキムキのゴツい女で、でっかい剣下げてるわよ。そんな女見たことない？」

「ないわ！」

「なんで怒るの？」

商人に礼を言って別れ一晩宿場町で泊まった後、早朝に出発し、街道をてくてく歩いていると
また後ろから来た昨日の女商人に声をかけられた。

「乗ってく？」

　一応地図を出して確かめる。

「この地図だと今このへんでいいのかのう」

「ハンターギルドも商人ギルドも地図は同じねえ……。王都に行くならもっと細かい地図も用意しておかないと。王都に着くのは明日の夕方だけど、どうする？」

「あんまり世話になるのも申し訳ない。そろそろ遠慮しようかと思っておる」

「そう思うなら王都に到着するまで金貨一枚払ってくれる？」

　微妙な線を攻めてくる。確かにこの先王都まであと二日。格安と言っていい。

「私はねえ退屈なのよ。話し相手になってくれればそれでいいわ」

「まあそういうことならの」

　そこまで言ってくれたら断るのも失礼だ。そのまま馬車に乗り込む。

「名乗ってなかったわね。私はパール」

「うちは……鬼姫じゃ」

「オニヒメさんね」

　クマールが言いふらしても、オニヒメの名までは広まっていないようである。

「オニヒメはなんで王都に行くの？」

「とりあえずこの国を詳しく知るためじゃの」

「へー、外国から来て定住したいと」

「定住する気はないんじゃが……」

本当の目的は、なぜ自分は生き返ったのか。なぜ自分がここにいるのか、そんな自分探しの旅である。漠然とそのヒントになりそうなものが見つかればいいし、いつかは東の果てまで行ってそこに日本がないか確かめたいとも思っている。でもそのために自分が何をしたらいいか今でもわからない。なるようになれなのだ。

「パール殿はなにを売りに行くんじゃ？」

不器用な鬼姫は話題を変えたかった。

「お酒よー」

「ほー」

確かに後ろを見ると木箱に樽。ほんのり酒臭かったが、全部酒だとは思わなかった。

「私は酒蔵の娘でね。これを途中の宿場町や、王都の店に卸していくの」

「そういえば死者に供える酒はウイスキーがいいと言うておった、酒場の主人が」

デュラハンと一緒に飲んだ覚えがある。蒸留酒できつかった。

「何でもいいのよ。その亡くなった人が好きなお酒だったら」

「お神酒になるような酒はあるかの？」

「オミキってなに？」

「神に供える酒じゃのう」

「だったらこれね、普通にワインが一番喜ばれるわ」

　後ろの荷台に手を伸ばして箱の蓋を開け、一本取り出す女商人のパール。

「わいんというのは葡萄酒かの？」

「そう。甘くておいしい。おすすめね」

「これ全部そなたの酒蔵の葡萄酒なんじゃろ。匂いがおんなじじゃ」

「バレたか。あははは！　一本買ってくれない？」

　悪びれもせず笑うパール。

「一本なんぼじゃ？」

「銀貨二枚」

「はいはい」

「まいどあり！」

　銀貨を渡して、受け取ったはいいがコルクで栓をしてある。いくら眺めてもどうやって抜くのかわからない鬼姫。

「……これどうやって栓を抜くんじゃ」

「今飲むの……。コルク抜きでないと絶対に抜けないよそれ」

　さすがは酒蔵の娘。懐からコルク抜きを出してすぽんと抜く。

　直接瓶でいこうとした鬼姫、「いくらなんでもマナーが悪すぎ！」と怒られた。仕方なくつづらからデュラハンと酌み交わしたウイスキーグラスを出して注ぎ、手酌でまず一杯飲んでみる。

「ぷはっ、うまいのコレ！　甘味があって飲みやすいの！」

「大丈夫かしらこの娘」

パールもあきれる。

「そなたもいくか？」

「酔っ払い御者は衛兵に見つかると捕まるからダメ」

「つれないのう……」

手酌でぐびぐびいく鬼姫。「ろくろ首はういすきーもいいが、わいんもいいと言うておったのう。たしかにじゃ」

デュラハンの廃村で、首なし亡霊と酒の話で盛り上がった。鬼姫の持ってきたウイスキーが安酒だと文句を言い、でも現世との別れにふさわしいと喜んでもいた。

ウイスキーは麦酒で、蒸留してあるとか、麦の発泡酒はうまいとか、ワインもうまいとか、あの酒がうまいどの酒がうまいと、ウイスキー一本なくなるまで講釈されたものである。日本酒や焼酎については全く理解してもらえなかったが、二人とも酔っぱらってたのでまあそんなやり取りも楽しかった。

「ろくろ首って誰……」

「んー首なしの幽霊じゃのう」

「嘘ばっか……」

「嘘やない！」

その後、完全に酔っぱらってしまった鬼姫は、悪鬼を倒しただの鵺を射っただの、河童を狩っただの山姥をやっつけただの、言わなくていいことをぜーんぶ自慢してしまった。

「あいつが言ってたスフィンクスの毛皮を剥いだのって、アンタじゃない！」と　パールは鬼姫から見せられたハンターカードに驚いたが、そのときはもう御者台の上で鬼姫は眠りこけてしまっていた。


「起きて！」

「は？」

「起きてよ！」

「はあ？」

翌日には王都の宿場町、鬼姫は女商人のパールに宿屋に引きずり込まれ、ベッドに放り込まれてそのまま朝になってしまった。記憶がないまま一晩経っている。

「起きてもらわないと今日中に王都に着かないんだけど！」

「はっ！」

鬼姫は飛び起きた。寝起きはいい。

「は？　いつの間に宿屋に泊まっておったんじゃ？」

「なんで覚えてないのよ。大変だったんだからね」

パールは激怒である。

「まあいいわ。さっさと身ぎれいにして朝ごはん食べる！　あと宿代払う！」

ここまで来て鬼姫は状況を把握した。

「……すまんことしたのう。パール殿の宿賃もうちに払わせてぇな」

「……まあそれなら許す。飲ませたこっちも悪いしね。でもアンタお酒に弱すぎ」

急にニコニコになるパール。

鬼は酒好きだが、酒に弱い。源頼光に酒を飲まされて討たれた酒呑童子、酒盛りをしていて酔っぱらっているところを襲撃された桃太郎の鬼。史実に昔話に、酒を飲んで失敗した鬼の話は枚挙にいとまがない。そろそろそれが鬼姫の弱点だと認めなければならぬところだ。酔って眠りこけているところを襲われたら、いかに鬼姫とて命はない、かもしれない。

「すまぬの、反省じゃ」

「あんた強いのにねー」

「なんでそう思うんじゃ？」

「昨日さんざん自慢されたから。ハンターカードまで見せてくれたんだからもう言い逃れできないよ。王都まで護衛お願いいね」

そんなものまで見せたのかと、懐の巾着(きんちゃく)を探るとカードも金子もちゃんとあった。寝てる間に懐を探られたりしても別に不思議はなかったと思う。パールがクマールが言っていたように、信用を大切にする商人で良かった。

「王都の周りは安全だとパール殿も言うておっただろうに。ハンターの手助けがいるのかの？」

「そりゃ女一人だから、やっぱり信用できる人はいたほうがいいでしょ」

「うちのこと信用でけるのかの？」

「ここまで一緒にいて野暮なこと言わない。これから途中の店にもどんどん荷下ろししていくからそっちも手伝って」

「はいはい」

王都の手前の町にも酒屋や酒場はある。そこに瓶が入った木箱とか小さい樽とかを納品するのを手伝わされた。もちろん木箱や樽を抱えるのは鬼姫の役目である。

王都は巨大な城壁で囲まれていて、その周りをさらに別の街が取り囲んでおり、それが同心円状に広がっているという、首都であり最大都市であった。

「夜になってしもたのう」

「あはははははは」

笑ってごまかすパール。これなら普通に歩いてきたほうが早く着いた。だがまああちこちの酒場に寄れて、ギルドの掲示板も見ることができたり、多くの人々の生活を見たりと、鬼姫にも学ぶべき点が多かったからそれはいい。

掲示板を見るに、首都近くになると、魔物討伐の依頼は激減していて、そのかわり遠方までの行商、荷運びの護衛依頼が増えてくる。ハンターは魔物の出る田舎の仕事というわけでもなく、流通を担う都市の一員としての業務もあるのだ。

「王都から東へ向かう護衛仕事をやるのもよいであろうのう」

鬼姫一人でハンター十数人分の働きができても、実際には行き交う商人たちを見るに、馬車隊をパーティーで護衛というスタイルである。鬼姫一人では手が回らないから、パールのように雇ってくれるソロの商人という業務はなさそうである。

「大門が閉まってるから、今日はここで野宿だねえ……」

周りを見れば、既に多くの商人のグループが大門前の周りの芝生スペースで、テントを立て焚火をし料理を作り、野営している。

「王都の宿は高いからさ、まああんなふうにするのが当たり前の商人たちもいるよ。さ、私たちも夕食にして、寝る準備しよう」

「うちも野宿のほうが多いからかまへんわ」

「へーそうなんだ……。なんか意外」

「さよかのう」

「だって女一人で寝てたら危ないじゃない。私は馬車があるからいいけどさ」

「うちは強いからの」

「はいはい。あはは！」

馬車の荷物は半分になっていた。荷物を積み直してスペースを作り、そこをベッド代わりにする。夕食は焚火で鍋だ。干し肉を煮戻して野菜とスープにする。

「これはうまいのう」

「味付けはさっきやって見せた通り。自分でも作れそう？」

「大丈夫じゃ。のうパール殿、この国に味噌とか醤油とかはあるかのう？」

「……聞いたことないわね」

「さよか……」

王都周りの商人も知らない。やはりしょんぼりしてしまう鬼姫。

「お茶でも飲んで元気だしな」

理由は聞かないが、それぐらいの気は遣いたいパール。焚火に今度はポットをかける。

「お茶と言うてもこの国じゃ、どうせあの茶色い紅茶じゃろう。そやったら葡萄酒のほうがいいわの」

「しょーがないなー、一本だけよ。あんた前は結局三本もぐびぐび一人で飲んじゃってさ」

笑いながらパールは馬車の荷台から一本持ってきてコルク抜きで抜いてくれた。

「ワインはぐびぐび飲まない！　ちゃんと味わって飲んで！　酒蔵の娘の前で飲んでるってことを忘れないでよ？」

「わかったのじゃ」

「あんたいい大人のくせになんか子供みたいなのよねえ……。この先一人で大丈夫なのか心配になっちゃうわ」

「明日でお別れじゃのう」

「そうね」

「いろいろ世話になったの。金貨一枚だったのう。忘れぬうちに渡しておくわ」

鬼姫が懐から巾着を出そうとすると、パールはそれを止める。

「いいわよ。そのワインの代金も要らない。私も手伝ってもらって、こんな強いハンターが一緒で安心だったし、ワインおいしいってほめてくれたし、ずっと楽しかったからもう十分」

「……ありがたいのう」

　ワインをちびちび飲んでゆく。

「パール殿は商売が終わったら帰るのかの？」

「そうよー。王都でいろいろ買い付けてからになるけど、酒蔵の娘だし」

「うちは東じゃ」

「東？」

「ずーっと東……」

「東のどこまで？」

「行けるところまで」

「海になっちゃうよ……」

「やっぱり、そうなのかのう……」

　酔い始めた鬼姫。知らず、涙がぽたぽた落ちてきた。

「……まあ聞かないよ。東がどうなってるかなんて、私もそうだけどこの国の人間だってよく知らないんだからさ」

　そんなとき、ゴロゴロと雷が鳴り出した。

「やだ、なんか雨になりそう」

「雨が降ったら困るかの？」

「そりゃそうよ、野営してるんだからさ。ここに寝泊まりしてる他の商人さんだって濡れたくないに決まってるわ」

雷はどんどん近づいてくる。周りの商人たちのグループも、慌ててテントを補強し、火を消して夕食の片付けに取りかかっている。

「……雷獣（らいじゅう）じゃの」

「ライジュウ？」

「むじなみたいな二尺（60センチ）ぐらいの幻獣じゃ。白鼻芯（はくびしん）によう似とる。雨雲から雨雲に飛び移って雨を連れてくる。雷（いかずち）を落とすのが厄介じゃが、たまに足を踏み外して大きな音を立てて落ちてくることもあるのう」

「なんだかドジな魔物ねえ。でも雷って電気なのよ？　去年フランクトンっていう学者が凧を上げてさあ……」

「雨になったら困るのであろう？　だいたいこうかみなりさんがゴロゴロ鳴っていてはうるさくて眠れんわ」

鬼姫は酔っ払っていた。ふらふらと立って歩き出す。

「ちょ、手伝ってよ」

パールも焚火を消して鍋や食器を片付け始めたが、鬼姫はあわただしくなってきた周りの商人たちも気にせず、七尺五寸の長弓を取り出した。雷雲はどんどん近づいてくる。

鬼姫はほとんど真上に向かって弓を構えた。

「なにそのでっかい弓！　ちょ、こんな街中でやめてよあんた！」

バシュッ！

パールや、周りの商人たちが止める間もなく鬼姫の矢は天高く打ち放たれた。

「あーあーあーあー……。飲ますんじゃなかった……」

ここは王都の門前。放った矢がどこに落ちても大惨事である。パールは酔っ払いの鬼姫に頭を抱えた。だがそのとき。

ぎゃぱっ！

はるか上空で何か叫び声がした！

ばさばさばさっ。物凄い羽音がして、黒く渦を巻く上空から何か落ちてくる。さゃおーんと甲高く叫び声を上げながら落ちてきたのは、赤い巨大な怪鳥であった！

ど————ん！　と凄まじい土煙を上げて芝生に墜落したその翼長二十尺（6メートル）はありそうな鳥に駆け寄った鬼姫は、大薙刀の岩融でその喉を掻き上げる！

矢を受けてじたばたしていた怪鳥は、首から血をたっぷり噴出して、絶命した。

「……鳥なのかのこの世界の雷獣は。これじゃ雷獣じゃなくて雷鳥じゃの」

もう驚くしかない商人たちが周りに集まってくる。

雷は収まり、暗雲はだんだん晴れてきて夜空には月が見えてきた。

「サンダーバード……。本当にいたんだ。西大陸の伝説かと思ってた」

日本にも「雷鳥（らいちょう）」はいるが、雷が鳴るような悪天候のときぐらいしか人の目に触れる場所に現れない天然記念物の希少鳥類。一方北米で先住民に神とも恐れられたサンダーバードは雷の化身、鯨をも捕食する巨大魔物と言われ部族ごとにその伝承は異なる。

「空晴れてきたよ。本物だ……」

「サンダーバードが捕獲されたのって、これが初めてじゃないか？」

「聞いたことないもんな！」

商人たちはもう大騒ぎ。

「50枚！」、「100枚！」、「120枚！」

もう競りが始まっている。

「はいはいはい！　これは私たちが獲ったんだから、私が扱うよ！　120枚！　他にないかい！」

なぜかパールがしゃしゃり出てきて競り人を始めていた。

「130枚！」、「150枚！」、「155枚！」

そんな騒ぎに関係なく、鬼姫は大薙刀を拭き、きれいにして、そっとそれを消すと馬車の荷台に乗り込み、ぐうぐうと寝てしまった。

朝、いつもより早く王都西大門の扉が開く。

連絡を受けた衛兵、ハンターギルド関係者、商人ギルド関係者まで集まってきて大騒ぎである。

「これは南町ギルドが扱う！」

「いーや北町ギルドの管轄だね、これ」

「頭は境界線の南だ！」

「体全部が境界の北に入っているのに何言ってる」

「どうやって決めるんだこれ」

「商人ギルドは口出さないでくれ、これはもう俺が二百十枚で買い取ったんだから！」

喧々諤々である。そんな中、鬼姫が「やかましいのう、なんの騒ぎじゃ」と起きてきた。

「獲ったのはこのねーちゃんだよ」

「俺ら全員見てたしな」

「ハンターさんなんだってさ」

商人たちが口々に言う。

「ちょっと待った。王都で矢を放ったのか？　王国法で重罪だぞそれ！」

鎧に身を包んだ衛兵隊長が身を乗り出してきた。

「待ってくれ。ここは城壁の外、王都ではない。王都の外で獲物を獲ってはならんとなれば、いったいどうやって王都を外部から襲ってくる魔物から守るんだ？　その役目、いつもハンターに押し付けているのにいまさら罪だとでも？」

「ぐぬぬ」

衛兵隊長に反論したのは王都のハンターギルドのマスターである。もちろんそんなことは鬼姫は知らないが。

王立アカデミーの関係者が来て驚く。

「いろいろ調べさせてくれ」

冷や汗ダラダラのこの先生、前年に「雷は電気である」ということを、雷雨の中、検電器となるライデン瓶につなげて凧を上げて証明したフランクトンその人である。

「雷は雷雲の静電気によるもの。せっかく確立された定説がひっくり返る……。なんてものを落としてくれたんだまったく。これはアカデミーで調査する！」

「勝手に決めてもらっちゃ困る。だからこれは俺が買い取ったんだって！」

中年の商人が大声を出して割り込んだ。

「……どうなっとるんじゃ？」

何が何だかわからない鬼姫。パールに聞いてみた。

「ごめん。私アブドラさんにこれ、二百十枚で売っちゃった……」

今声を上げていた中年の商人を指さして、おっかなびっくり答えるパール。

「さよかさよか。かまへんの。山分けでええかの？」

鬼姫はそんな細かいことは気にもしない。

「いやアンタが勝手に獲ったんだからアンタのものなんだよこれ。私は仲介手数料一割もらえばそれでいいし」

「パール殿は欲がないのう」

「こんな商人や役人やハンターがみんな見てる前で私がアンタから半分ボッタくったら、私の信用が駄々落ちなんだってば！」

　クマールは四割取ったが、一人旅の鬼姫を気遣って声をかけてくれ、魔物とも一緒に闘うつもりだったし、皮剥ぎも運搬も手伝って、商品の価値も調べて鬼姫も儲かる話を持ってきてくれた。鬼姫はクマールがボッタくったとは思わなかったが。

「まあそういうことならそれでよろしおす」

「はい、売却金」

「おおきにありがとうの」

　パールから革袋を受け取る鬼姫。白金貨と金貨で一割引いた金貨百八十九枚相当が入っている。

「あーあーあーあー……」

　それを見て周りの商人たち、衛兵たち、学者からため息が漏れた。商取引の終了である。もう誰も文句を付けられない。

「お、オークションさせてくれ」

「北と南のギルド合同で、それでいいですか」

「やむを得んな」

「待て、だからそれはアカデミーが……」

「欲しかったら買い取ってください。商人ギルドからね」

　商人ギルドではもう次の話が始まっているが、鬼姫たちにはもう関係のない話だ。馬車に乗り込み、その場を発った。

「ちょっといいかい」

後ろから騎馬で話しかけてきたのは先ほどのハンターギルドマスターだ。馬をパールの馬車に並べて話しかける。

「私はこの王都でハンターギルド本部を取り仕切っているマスターのダクソンという。よろしく」

見れば少し白髪が混じる黒髪の壮年で、強面だが身なりよくなかなかの紳士である。

「鬼姫と申すの。その、王都のハンターギルドのマスターとなると、この国のハンターで一番偉い人ということでええのでしょうかの？」

「まあそうなる。別に貴族だのなんだのとは違うからかしこまる必要はない。カードを見せてくれるか？」

「あ、あ、あ、ちっと待つのじゃ」

パールの隣の御者台の上で、巾着を取り出して中からハンターカードを出す鬼姫。だがもう西大門に到着していた。巨大な門は左右に分けられており、入門は右側。パールの馬車は右側に並ぶ。出門側はもう出発する人で列になっている。西門の外であの騒ぎ、入門手続きをする人の数はまだ少なかった。鬼姫は時間があると思って、順番を待つ間そのまま手を伸ばしてギルドマスターにカードを渡した。

「……あなたがオニヒメか。報告は来ていたがちょっと信じられなかった……。失礼」

一言断りを入れてからカードをひっくり返して裏書きを見るマスター。裏書きを見るのは失礼にあたることなのかの？　と鬼姫はちょっと思う。

「オーガ、マンティコラ、マーマン、魔女、三級強盗団、ゾンビ、スフィンクス、アラクネ、サイクロプス合同……。一癖あって倒すのが難しく、やりたがらないやつが多い魔物ばかりだ。しかもほとんどそれを単独で……」

驚くマスター。そうしているうちに門の順番が来た。

「眼福にあずかった。久々に良いものを見せてもらった。これは返す」

「おおきに」

「落ち着いたら王都のハンターギルドの本部を訪ねてほしい。待ってるぞ」

「そうさせてもらうのじゃ。いろいろ面倒掛けて申し訳ないのじゃ」

「こういう面倒なら大歓迎だ。それでは！」

マスターのダクソンは衛兵に片手を上げて顔パスで門をくぐり、王都の中に馬を歩ませていった。


王都は入領税は取らない。そんなものを取るよりも多くの商人たちに集まってもらって、大いに商売してもらったほうが王都は潤う。王都の入領税を高くすると、他の領地の領主も不当に入領税を高くしようとするのでそれを抑える意味もある。物流の中心、王都だからこそできる減税措置であった。なので衛兵が調べるのは危険物、危険人物のチェックなど治安維持を目的としている。ハンターの鬼姫はカードを見せるだけ。パールも荷物を調べられてそれが酒だとわかればそれで終わりである。

難癖をつけて暗に賄賂を要求したり、逆に手を抜いて完全にスルーだったりはしない。少なくとも職員は真面目に職務を果たしていることが見て取れる、いい街というか、これが普通だと言えた。すぐに門をくぐり、王都に入ることができた。

「……あんた昨日の弓どうしたの？」

「仕舞っておる」

「折り畳みなの？　あんなでっかい弓が」

「どうでもよろし」

そして鬼姫はつづらを背負った。

「世話になったの」

「こちらこそ。楽しかったし、儲けさせてもらったわ」

「それじゃ、パールも達者での！」

「じゃあね！」

商人ギルドの前で馬を止めてもらって、鬼姫は馬車を降りた。

歩道のベンチに座り、帳面をめくり、「ぱーる、ぱーる……」とメモをする。

「えーとえーと、だくそんだったかの。この王都のギルドマスター」

これも忘れないように帳面に書いた。

「そういえばまだ朝飯を食っておらん。さーて何を食うかの」

「俺も朝早く呼ばれたせいで朝食はまだだ。一緒に食べないか？」

見上げると、ハンターギルドのギルドマスター、ダクソンが目の前に立っていた。

「……は？　あ、なんでここにおじゃりますのじゃ」

ダクソンはふふっと笑う。

「名前、忘れないようにメモしてくれてありがとう。まあ面倒な言い方はよしてくれ。マスターだからって大して偉くも無いし、俺も遠慮なく話したい」

そういえばダクソンも自称が「私」から「俺」に変わっている。気を遣うなということか。

「……なんでおぬしがここにおるんじゃ？」

「切り替え早いな……。窓から見下ろしたらオニヒメさんがいたから」

「どの窓じゃ？」

「ここ商人ギルドの前。その隣がハンターギルドの本部。あそこの窓だ」

王都の流通を担う巨大な倉庫を兼ねた商人ギルドに対して、隣接するハンターギルド本部はこぢんまりとした二階建て煉瓦造りの建物だった。その二階の窓をダクソンが指さす。

「あの窓が俺の執務室でね」

はあ、なるほどそれでかと思う。

「窓際で明るそうじゃの」

「皮肉か？」

「なんで皮肉になるのかの？」

「いや、いい……。朝飯だな。お勧めの店がある。おごるよ」

鬼姫はそれを聞いて喜んで立った。

二人、街を歩き出す。

「言うておくが、うちにおもる言うた殿御は、たいてい後悔することになるのだがのう」

「よく食う女は結構好きだがな、俺は」

話してみると、壮年で強面の外観と違って、意外にも偉ぶるところはなく素は気さくで鬼姫の好きなタイプの男だった。


ダクソンは近くのカフェに鬼姫を案内し、二階に上がってベランダ席に出た。

二階から街の通りがよく見える。王都の街並みも。

「……大きな都じゃの」

「王都は初めてか」

「そうじゃ」

ボーイが来て、鬼姫は「品書きを見てもわからへんので、おぬし良さそうなものを注文してくれんかの？」とダクソンに頼む。

「ミルクティー、クラブハウスサンド二人前、オニオンサラダ二人前、ドレッシングはゴマソース。ハムサンド一人前、ホットドッグ一人前、俺にはコーヒー」

大量の注文を聞いて動じないボーイはさすがである。

「とりあえず二人前食うよな？」

「食うのう」

二人、ゲラゲラ笑う。ベランダ席にはほかに客も無い。何を話してもいいだろう。

「オニヒメさんは外国人か？」

「そうなるのう。建前で話すのが良いかの、それとも正直にぶちゃけるのがええかの？」

「ハンターギルドは世界的な組織だから、オニヒメさんのいた国にもあるはずなんだがな……。一から説明するが、ハンターギルドってのは、ハンターの支援組織でね。昔から雇い主に利用され、搾取され、安い金で捨て駒として使い捨てられていたハンターたちの現状をなんとかしようと設立されたって経緯がある」

なるほど。危険な仕事を請け負うのだ。しっかりしたバックアップの組織がないと不利益なことばかり、という話はわかる。

「ずいぶんとまともな組織なのだのう？」

「だろ？　今までハンターやってきて、そこは信用できると思わなかったか？　騙されたり使い捨てられたりしないで、ちゃんと報酬事前に提示されて、間違いなくもらえただろう。仲介手数料だって報酬の一割と格安だ」

「そういえばそうじゃの」

そこまで話してダクソンは微笑む。

「歴史的には魔王を倒す勇者様御一行を支援する組織が始まりだ。だからまっとうな組織で不正を嫌う体質なんだよ。正直に話してもらうほうが助かる。オニヒメさんは見たところこの国のことは何にもわからんようだし、まずは何でも聞いてもらいたい。そのかわり俺もいろいろ聞きたい」

鬼姫は考え込む。

「うーん、そうじゃのう。まず王都のハンターギルドがちっこいのに驚いたのう。今まで通ってきた町のギルドはもっと大きかったの」

「ああ、首都である王都には魔物なんて出ないからな。小さい建物は本部だ。王都本部の仕事は各支部のとりまとめ、連絡の中心ってこと。中央にいる俺の仕事はもっぱらトラブル解決ってことになるなあ……」

「大変じゃの。魔物倒すほうがまだ楽そうじゃ」

「まったくだ……。王都でハンターの仕事がしたかったら旅商人の護衛がメインだから、商人ギルドの館内にハンターギルドの窓口があるからそっちで頼む。依頼はどれも長旅になるものばかりだけどな」

目的のある旅なので長期契約は困ると鬼姫は思う。

「あんまりやりとうない仕事じゃのう……」

「ああ、オニヒメさんは討伐とかのほうが得意そうだしな」

確かに。商人の馬車隊をたくさん見かけたが、他のハンターたちとパーティー仕事になる。どこかのパーティーに入らないといけないと思うと鬼姫にはそこが面倒そうに感じた。

「で、オニヒメさんは二か月前にこの国に来る前、今までどこにいた？」

ストレートに聞いてくる。それがなんとなく信頼できると思える不思議な男であった。

「信じてもらえん前提で話すがの」

「かまわんよ。オニヒメさんの着てる服、俺はどの国でも見たことないし」

「うちは日本という国で死んだ。なんでか生き返ったらこの国におった」

さあ、これを信じるかどうかでダクソンがどんな人間かがわかるというもの。

「ふーむ、全く信じられん。だがオニヒメさんが嘘をついてないのはわかる。そこは信じる」

「だろうの――」

意外だがダクソンは納得した。まあ信じてもらえなくても鬼姫は別に困らない。

「うん、面白い。続けて続けて」

「最初にたどり着いた村で世話になったので、オーガを退治してやった」

「うん、最初のオーガだな。報告に上がってる。国境警備隊の証言もあって本当だってのはこっちもわかってる。どうやって倒した？」

「剣で斬ったり金棒でどついたり。えーと、次に……」

鬼姫は自分のカードの裏を見ながら答える。いろいろやりすぎて順番が自分でもよく覚えていないのだ。

「ほんまにオーガを倒せるならやれって言われて、鵺を射った」

「射った？　弓で射ったのか？　マンティコラのことだよな？」

「そうじゃ」

「弓もなかなか使えると。そういや雷鳥も弓で仕留めたと聞いた」

「まあうまい具合に当たったの。それでハンターカードをもらえたんじゃ」

「最高に面白いよそれ。続けて続けて」

ダクソンはニコニコと嬉しそうだ。

「渡し船で河童が出たので獲った」

「カッパ？　人魚じゃなくて？」

「ああそれそれ、人魚じゃの。で、次が山姥で」

「ちょっと待って待って」

ダクソンが手を振って止める。

ボーイが食事を運んできた。ダクソンにコーヒーとクラブハウスサンド。オニオンサラダ。鬼姫にクラブハウスサンドとハムサンド、オニオンサラダに紅茶である。ホットドッグは「足りんかったらこれも食っていいぞ」と言って二人の間に置いた。

「ほなよばれるのじゃ。いただきます」

「今日の糧を神に感謝を」

そして食事に手を付けた。「うまいのう！　これ！」とクラブハウスサンドに大喜びだ。

ボーイが去ったので、食べながら話の続きを聞くダクソン。

「まず人魚をどうやって獲った？」

「渡し船で襲ってきたので首を落としたの」

「魔女は？」

「食われそうになったんで首を折ったのう」

「魔女って魔法使ってくるよね？」

「そういえばなんか出しとったの。杖から」

「なんで無事なんだよ……」

苦笑するダクソン。もう話が荒唐無稽すぎておかしくなってくる。

「あと町に入る前に山賊八人に金を出せと脅されたので、お断りしたら襲ってきたから全員縛ったのう」

「縛った？　捕らえたのか？」

「捕らえたのじゃ。後で衛兵が捕りに来てくれての」

これにはダクソンも驚いた。

「別に山賊だったら殺してもよかったんだぞ？」

「うちは人殺しはやらん」

「はー……。殺さずに八人捕縛って、そっちのほうがずっと難しいだろそれ」

「刃物は使っておらんでの」

「……まあ人殺しは誰だってあんまりいい気分じゃないが、よくやるよ……」

その後の餓鬼、天邪鬼、女郎蜘蛛、一つ目入道についてはちゃんと詳しい報告が届いているからもうふんふんと聞くだけだ。

「で、今朝のサンダーバードは弓で射落としたと。とんでもないな……」

「当たったのう」

「見事だ。しかもそれを大したことでもないようにあっさりやる。凄すぎるよオニヒメさん。いったいニッポンでなにやってたんだ」

ぱちぱちと拍手しながら問いかける。

「神社で巫女の真似事じゃの。ついでに都で妖怪、物の怪の討伐もやっておったし、野盗や落ち武者に社(やしろ)が襲われれば追い返すようなこともしておった」

「ミコってのは要するにシスターみたいなもんだよね？」

「そうらしいの」

「うーんうーん、異教徒、外国人、しかも強い。話だけ聞いたら完全に異世界人だねオニヒメさんは」

「異世界かの……。たしかにうちは来たときからずーっと、ここがうちのおった日の本とも南蛮とも違うので、なんぼなんでもけったいや思っておったの」

今までかろうじて、「ここは外国」という可能性を少しは持っていた鬼姫である。異世界だとはまだ信じたくなかった。

「おとぎ話にはある話さ。全く違う世界や、全く違う時代に生き返ったり、送り込まれたり、そんな話はある。子供の絵本だけど。この年になって本物に会うとは思わなかった……」

「信じるのかの？」

「そんな嘘つくやついるわけがない。そっちのほうが面白いしな。よく正直に話してくれた。正直に話してもらえたということは、俺も信じてもらえたということになる。嬉しいね」

ダクソンは屈託なく笑う。そのことがオニヒメの警戒心を無くしてくれる。

「オニヒメさんはこれからどうしたい？」

「好きに生きたいの。好きに歩き回って、東の果てを見に行きたい」

「ふーむ、なるほど。なんで東の果てを見に行きたいんだ？」

「もしこの世界にうちがおった日本があるとしたら、大陸の、東の果てにある海の向こうの島国のはずなんじゃ」

「ずっと東に歩いていけば、いつかは生まれた国にたどり着くかもしれないと」

「それを見届けて初めて、うちは異世界人としてこの世界で死ぬことができると思うのじゃ」

「この大陸の東なあ……。魔物だらけで手付かずの土地だと聞いているがな」

「……そやったらやっぱり違うかもしれんのう。でも、それでもええんじゃ」

ダクソンが考え込む。

「つまり、オニヒメさんはギルドで働くつもりは全くなくて」

「ないのう」

「ハンターをやって日銭が稼げればそれでいいと」

「ハンターとして名を上げたり、いい暮らしをしたり贅沢するつもりもないと」

「そうじゃ」

「うん、いや、正直に話してくれてありがとう。できるだけ力になりたいというのは変わらんし、それを支援するのもギルドの仕事だ。特別ひいきはできないが」

「すまんの」

　そういうことをちゃんと言うのは好ましいと鬼姫も思う。

「強いハンターって扱いにくいんだよな。威張ってたり、割のいい楽な仕事で金を稼ぎたがったり、他とトラブルばかり起こしたり。そういうのがまるでないオニヒメさんは俺たちギルドにとってはありがたいぐらい」

　ほめられて鬼姫も嬉しくなる。

「ホットドッグも食ってくれ」

　そう言ってダクソンは皿を鬼姫に押してきた。

「長い旅になるよな……。オニヒメさん。せっかくだからこの街でいろいろ準備したほうがいいだろうな。長く滞在してくれるんだろ？」

「そのつもりじゃの。いろいろ調べて、いろいろ知っておきたいと思っておる」

「わかった。えーと、面倒なんだが、今朝獲った雷鳥、実は今まで捕獲されたことがなくて、あれが本物の雷鳥かどうか実はまだわからないんだ」

「そうなのかの」

　まあそんなこともあるかと鬼姫は思う。商人に買い取ってもらって金子も既に受け取っているので別に気にすることでもない。

「商人にしても、あれが本物だと証明されないと売り物にならないはずだ。だから、結局一度王都のアカデミーで預かって、解剖調査とかいろいろ調べることになるだろう。そう指示しておいた。今は商人の返事待ちさ」

「それでよろしおす」

　あの場で調べたいと、さんざん文句を言っていたアカデミーの学者さん、結局うまいこと言って自分で調べられることになったのなら満足だろう。

「新種ってのは間違いないし、調査結果が正式に出たら、オニヒメさんのハンターカードに追記するよ。依頼が出てたわけでもないし手数料は取れないし記入は俺がやるからタダだよ。新種の魔物を捕らえたんだからハンターギルドには名誉なことだ。ありがたいね」

「おおきに」

「そんなわけで結果が出るまではこの王都にいてもらいたいんだ。ま、オニヒメさんがそんな裏書きいらないって思うなら出ていかれても仕方ないが……」

「わかったのじゃ。最初からこの街には当分滞在するつもりでの」

「そうしてくれ。何かあったら頼むこともあるかもしれない。そのときは引き受けてくれるか？」

「さいぜん衛兵がうちを捕まえようとしたときに口添えしてくれはった。それぐらいの恩は返したいの。お役に立てるならの」

出された食事を全部平らげて、ホットドッグにも手を出す鬼姫。

「紅茶もう一杯頼む？」

「お願いするのじゃ」

ちりんちりん。ダクソンはテーブルのベルを鳴らしてボーイを呼び、紅茶とコーヒーをもう一杯ずつ頼んでくれた。

「オニヒメさんは王都でどうする？」

「まずは今夜の宿探しじゃ」

「ああ、ならギルドにはハンター用の宿舎があるから、そこで寝泊まりするのはどうかな」

「それ頼みたいのう！」

「そこにいてくれたらすぐ連絡つくから俺も助かる」

うんうんうなずくダクソン。

「うちからも聞きたいのじゃ。この世界でいろいろ勉強したいとなるとどうすればええんじゃ？」

「勉強か……。ハンターから勉強したいなんて初めて言われたよ」

ダクソンはちょっとびっくりだ。

「オニヒメさんは異世界人って前提で、これからこの世界で生きていくために必要な知識が欲しいってことだよな？」

「恥ずかしながら」

「実はハンターは師匠からいろいろ教えてもらってから独立ってのが多くてね、ハンターの学校みたいなものはない。王都には魔法学校もあって、魔法使いはだいたいそこの卒業生だが、オニヒメさんにはどっちもいまさら不要だな」

実績を見ても鬼姫は既に魔物退治のベテランと言えるだろう。

「この世界のことを勉強したいなら、ハンターギルドの書庫にある本を読めばいい。役に立つ本がいっぱいある。そこ使ってくれ」

「わかった。明日から通うのじゃ」

「せっかく用意しているのに利用してくれるハンターがいなくてねえ……。まったく脳筋ばかりだよ。そこで勉強してもらえるなんて嬉しい限りだね。あと、教会で説教を聞くのもいい。この世界の歴史、常識、倫理観。そういったものを学ぶには教会が一番だ。毎回献金することになるけどね」

「神社かて玉串料を取るからのう。それぐらいは出すのじゃ」

「ああ。当分教会に行って、ギルドの書庫に行って、宿舎に戻る、なんて牛活をだらだらと好きなだけやってくれればいいと思う。暇な時間は街でも回って見聞を広めればいい。困ったことがあれば俺や職員に相談して」

「……なんでダクソン殿はそこまでうちの面倒を見てくれるのじゃ？」

ここまでいろいろ説明されて、いくら何でも話がうますぎると思い始めた。

それを聞いてダクソンは不思議そうな顔になる。

「この程度でか？　どれも実費なんてかかってないだろ。宿舎って言ったって本当に泊まれるだけだから、食事も洗濯も全部オニヒメさんが勝手に自分でやれって話。俺は別に面倒見たりなんてしないが」

危なかった。ただ単に王都のハンターが無料で利用できる場所ってだけの話だった。親切で優しいダクソンが、急に普通に見えてきた鬼姫であった。


食事を終えて、二人でギルド本部に入った。

一階の一部屋に入る。そこは事務所で、五人ほどが机に向かって執務をしていた。

「みんな、今朝、雷鳥を仕留めたオニヒメさんだ。支部には無所属でフリーのハンターだ。王都に来たのは初めてらしい。ターキー、宿舎に泊まれるようにしてやってくれ」

「はー、この方がですか。女の人なんてびっくりですよ」

ターキーと呼ばれた男の職員が顔を上げる。眼鏡の真面目そうな男である。

「宿舎ですか。ずいぶん使ってないですが、それでよければ。どれぐらいの期間ですか？」

「今のところ無期限」

「すぐ出ていきたくなっちゃうと思いますけどねえ」

ターキーは立ち上がって鬼姫の前に来る。

「ターキーです。ここで職員をしています。ご案内しますのでついてきてください」

「オニヒメと申しますのじゃ。よろしゅうお願いいたしますのじゃ」

　鬼姫は優美に頭を下げて礼をした。

「……なんで俺より対応が丁寧なのオニヒメさん」

　なぜか不満そうなダクソン。

　案内されたのは一階の少し奥。廊下を挟んでドアが六つある小部屋。独立して建ててある宿舎ではなく、ギルド館内の一角である。

「緊急のときに職員も寝泊まりするための部屋です。ハンターも利用します。今は誰もいませんから、どの部屋でもお好きなところをお使いください。使う部屋が決まったら教えてくれれば鍵を渡します。掃除用具は廊下の一番奥にある道具棚に入っていますから掃除してから使ってくださいね。流し台とトイレはこちら。ごみは炊事場裏に燃えるごみと燃えないごみに分けて出してください。出入りはギルドの表門じゃなくてこっちの宿舎門を使って。こちらの鍵も後で渡します。まあそんなところです」

「わかったのじゃ。案内、礼を申すのじゃ」

「なにかあれば事務所をお尋ねください。では」

　鬼姫は六つの部屋を全部見て回った。不潔だとは言わないが、長年使われていないようで埃だらけ。鬼姫は取りあえず窓があって一番明るい部屋を使うことにした。なにはともあれ、とにかく掃除だ！

　はたき、ほうきで掃き清め、流し台の手漕ぎポンプで水を桶に汲み拭き掃除。巫女をやっていたのだから神社でこれぐらいの作業は年中行事。鬼姫は文句も言わないし、だんだんきれいになっていく部屋が嬉しい。

狭いながらも楽しい我が家。少なくともひと月ぐらいはいてもいいいと思うようになっていた。

腹がすいたのでつづらを開けて、干しパン、干し肉、干し果物に水筒の水という昼食を取り、共同のトイレもピカピカに磨き上げる。

ついでとばかりに宿舎房の通路、廊下も掃除する。

バタバタと音がするので、何事かと職員が見てみれば、廊下を鬼姫が両手を床について雑巾を廊下に滑らせ、往復しているので驚いた。

「オニヒメさん！　モップ！　モップがありますから！」

「もっぷってなんじゃ」

「棒の先に雑巾を取りつけてですね、こう、床を拭く……」

「そっちのほうが面倒じゃて」

「いやモップのほうがどう見ても楽でしょうに……」

夕方には、窓もピカピカに磨かれ、夕日が綺麗に差し込んで、六つあるどの部屋もすっかり掃除が済んでいた。鬼姫、恐るべき家事能力である。

「うわあ……」

帰り支度の職員たちが驚いたのはもちろんである。

「よ、嫁さんに来てほしい……」

一人の若い職員が同僚にぺしっと殴られた。

「あの、オニヒメさん、どの部屋を使うんですか？」とターキーが聞いてくる。

「この角部屋じゃ。日が入って明るいからの」

「わかりました。この鍵をお使いください……。事務所と宿舎を分けるドアは夜間は鍵をかけます。出入りは宿舎専用の通用門がありますから、外出する際は鍵をかけてからお願いします。こちらがその鍵です」

「わかったのじゃ」

「あの、今夜、ここで寝るんですか？」

「いや、今夜は普通に街で宿をとるぞ。食い物もないし寝床もひどい。ここに住むのはまずそれを揃えてからじゃ」

「はあ、そうですか……」

そうして、鬼姫はつづらを背負い、宿舎の門から出て行った。

「なんか凄い人来たな」

「ああ……」

五人の職員は顔を見合わせて、苦笑するしかなかった。

翌日、昼近くに鬼姫は丸めたマットレスと、畳んだ布団と枕、毛布を背負ってギルド本部に現れた。もう後ろから見れば布団が歩いてきた、という感じの大荷物である。つづらは胸の前に抱えていた。

「寝具店を聞いて買ってきたんじゃ！」と言う。

またどたばたと音がして、事務所に顔を出した鬼姫は、「古い床はどこにほかればええんじゃ？」と聞いてきた。

「隣接した商人ギルドにゴミの焼却炉がありますのでそちらで。えーえーえー……。まあとにかくご案内します」

部屋に備え付けてあった古い寝具をまとめて抱えて鬼姫はターキーの後をついていく。

「ここです。入りますかねそれ」

「うーん、切って入れればなんとか」

いつの間にか短刀を出した鬼姫は古いマットレスを切り刻んで焼却炉に放り込んだ。なぜか焼却炉は点火されていて、ゴミが燃える。鬼姫が火を吹いているところはターキーは見逃したようである。

「薪はあるかの？」

「裏に積んでありますから自由に使ってもらっていいです」

昼になり宿舎の炊事場からなんだかいい匂いが漂ってきた。

「なに？　何が起こってるの？」

昼食を外で取ろうと、二階から降りてきたダクソンが驚き顔だ。

「オニヒメさんが料理しているとしか……」

「そんなことも自分でやるのあの娘！」

昼食は外で取るのが王都のオフィス街の常識。久しぶりに宿舎房の扉を開いて入ったダクソンは、その中を見て驚愕した。

きれいになってる！　ピッカピカだ！

「あの、オニヒメさん？」

「おー、ダクソン殿。世話になっておる。今夜からここに泊まるのでの、よろしゅう頼むのじゃ」

そう言いながらかまどの前で鍋をかきまわしている鬼姫。当然炊事場もピカピカである。もうなんていうか、とにかく凄い人が来たと、全員が思ったものである……。

王都。この王国ルントの首都であり最大都市。鬼姫はここにしばらく滞在して、自分はなぜ生き返ってこんなところまで放り込まれたのか、日本で一体何があってこんなところに来てしまったのか、何でもいいからその手掛かりを調べるつもりだった。

何をやればいいかなんてまだわからない。しかし、ここなら、何か知っている人がいるかもしれないし、日本の事も、この世界のどこかにあるのかわかるかもしれないのだ。

それだけを希望にして、鬼姫は、明日から何をしようか、思いをはせた。

このときの鬼姫は、まだ、後でとんでもない大物に会う騒動になるなんてことは、知るよしもなかったが……。

本書に対するご意見、ご感想をお寄せください。

あて先

〒162-8540 東京都新宿区東五軒町3-28
双葉社　モンスター文庫編集部
「ジュピタースタジオ先生」係／「あるてら先生」係
もしくは monster@futabasha.co.jp まで

鬼姫、異世界へ参る！　上

2025年3月31日　第1刷発行

著　者　ジュピタースタジオ

発行者　島野浩二

発行所　株式会社双葉社
〒162-8540　東京都新宿区東五軒町3番28号
［電話］03-5261-4818（営業）　03-5261-4851（編集）
https://www.futabasha.co.jp/（双葉社の書籍・コミック・ムックが買えます）

印刷・製本所　三晃印刷株式会社

［電話］03-5261-4822（製作部）
ISBN 978-4-575-24785-5 C0093

モンスター文庫
1
超難関ダンジョンで10万年修行した結果、世界最強に
～最弱無能の下剋上～
力水
ill 瑠奈璃亜
【この世で一番の無能】カイ・ハイネマンは13歳でこのギフトを得た。しかし、ギフトの効果により、カイの身体能力は著しく低くなり、ギフト至上主義のラムールでは、蔑まれ、いじめられるようになる。カイは家から出ていくことになり、王都へ向かう途中襲われてしまい必死に逃げていると、ダンジョンに迷い込んでしまった——。そのダンジョンでは、「神々の試煉」をクリアしないと出ることができないようになっており、時間も進まないようになっていた。カイは死ぬような思いをしながら「神々の試煉」を10万年かけてクリアする。クリアする過程で個性的な強い仲間を得たりしながら、世界最強の存在になっていた——。かつて、無能と呼ばれた少年による爽快無双ファンタジー開幕！
モンスター文庫

発行・株式会社　双葉社